몸과 마음을 산뜻하게

몸과 마음을 산뜻하게

정재율 시집

민음의 시

298

민음사

"사랑하는 사람에게"만 써진 편지를 발견했다

턱을 너무 오래 괴어
팔꿈치가 아파 왔다

새 구절을 발견할 때까지

사랑에 관한 편지를
소리 내어 읽어 보았다

2022년 6월
정재율

차례

3부 잘 우는 사람이 되고 싶어

1부
작은 유리알
파편처럼

물탱크

자는데 사람 떨어지는 소리가 들렸다

꿈속에서 나는 장례식장에 들러
상주와 대화를 나누고
모르는 사람들과 어울려 술을 마셨다

사람들이 땅바닥을 하도 쳐서
쿵쿵 울리는 소리에
몸이 살짝 떠오르기도 했는데

나는 그들의 손이 빨갛게 달아오르는 것을 보았다
그 손으로 악수를 나누는 것까지

다음 날 알고 보니 그 소리는 물탱크가 터지는 소리였다
그 안에 사람이 있는 줄 아무도 몰랐지만

투명한 집

얼음 속에는 단단한 벽이 있어
나는 그 너머로 집 한 채를 볼 수 있었다

집에 들어가고 싶다
자꾸 무너지는데도

비를 맞으며
서 있는 아이처럼

인기척이 느껴지면
사라지는 벌레처럼

주머니엔 사탕 봉지가 가득하다

끝이 닳아 버린 운동화와
홈이 맞지 않는 문턱들

그 아이의 사정은 모두가 알았다

커튼을 쳐도 들어오는 빛처럼

아이가 아픈 이유는
집에 큰 어른이 없기 때문이라고

얼음을 탈탈 털어 먹으며
이야기하는 이웃들

아이는 나뭇잎을 주워
주머니 속에 구겨 넣는다

외투 밖으로 삐져나온 소매를
안으로 넣으면서
슬픔이 뭔지도 모르고
그새 자라 있다

창문이 깨지는 순간은
거미가 줄을 치는 모습과 비슷하고

아이가 바깥으로 밀려난다

영혼이
그곳에 있는데

귓속에서
깨지는 소리가 들린다

작은 유리알 파편처럼

집이라는 건 다 부서지는데도
자꾸만 모으고 싶어진다

개기일식

신이 물었다
내게 사랑하는 것들이 아직 남아 있는지

나는 옥상에 올라가 가려지는 태양을 바라보았다 맨눈으로 사랑하는 것을 바라보는 건 위험하고 관찰은 오랜 인내심이 필요하다 옥상과 함께 의자가 기울어졌다 장마는 언제 오려나 화분에 분갈이를 해 주고 토마토가 열리길 기다렸다 토마토는 거꾸로 해도 토마토니까

한참을 바라보다

깜빡 잠이 들었다 눈을 뜨자 세계는 잠시 지구 종말 같았고 옥상은 기울어지는 것을 멈춘 듯했다 순간 주위가 너무 조용해서 무서워졌는데 집으로 내려가는 길 계단에 풀들이 자라 있는 것을 보았다 문에는 이끼들이 가득했다 집으로 돌아왔을 땐 아무도 없었고 무성한 풀들만이 무덤을 이루고 있었다 무덤은 기다리고 있었다 너무 오래 사랑하는 것들을

축복받은 집

—숲

숲이 나무를 흘리고 다녔다. 나는 그것을 주워 집을 만들었는데 이 집은 영원히 타오르지 않을 거야, 내가 말했다.

바람이 불었다. 창밖에서 창 안으로 눈들이 들어왔다. 집 안에 있던 모든 사람들이 밖으로 나가기 시작했다. 문 앞에는 상자가 쌓여 있었다. 바닥이 금세 축축해지고 나는 남은 신발 하나를 문 쪽으로 두고 밖을 바라보았다.

지붕들은 모두 비슷한 모양이었다.
숲이 뾰족하듯이

줄지어진 손금처럼 행렬이 이어졌다. 누구도 선을 넘지 않고 앞 사람의 발자국을 따라 자신의 자리를 지켰다. 영원하다는 것은 영원히 죽지 않고 이곳을 걷는 것일까. 아니면 걷다가 이곳에서 죽는 것일까.

거리가 활활 타올랐다. 사람들은 자신이 사랑했던 사람을 기억하기 위해 물건을 데있다. 베개를 태우는 사람, 스웨터를 태우다 우는 사람, 의자를 태우다 말없이 돌아서는 사람, 모두 사랑했던 사람들이 있었다. 한날한시에 죽은 사람들도 있었다. 거짓말처럼 창밖에서 창 안으로 탄 냄새가 들어왔다.

쌓여 있던 상자처럼 집이 흔들렸다. 빛날 것이 없어진 것들은 한껏 가벼워졌다. 다시 바람이 불었다. 누구도 기억하지 못하지만 천장을 뚫고 자라는 생명에 대해 생각했다. 타오르지 않은 집에 누워 산 사람들을 생각했다. 곧 아침이 올 것 같아서

창밖에 서 있는 사람들에게
이제 그만 가도 된다고 말했다.

몸과 마음을 산뜻하게

욕조에 앉아 생각한다
둥둥 떠다니는 마음 같은 건
다 가라앉아서 없어져 버렸으면 좋겠다고
벽에 머리를 대고
무리 밖에 혼자 떠도는
오리를 떠올린다

어린 내가 목욕을 할 때도
둥둥 떠다녔던 오리
어쩜 이렇게 똑같이 만들 수가 있는지
정말 감쪽같아
감쪽같이 물총을 쏜다
총을 맞으면 아픈데
무엇이 진짜고
가짜인지는
욕조에 앉아 오래 생각하면 된다

어떤 리듬이 계속 떠오르는 것처럼
물속에서 분명 들었던 음악 같은데

물 밖으로 나왔을 땐
아무도 없다
내가 잘못 들었어
맞아 내가 잘못 들었지
쉽게 인정하게 되는 것처럼

바디워시에는 "당신의 몸과 마음을 산뜻하게"라고 적혀
있다
샤워기에서 물이 쏟아진다
언제 묻었는지 모를 자국과 함께
멍도 씻겨 내려간다면
하루에 열두 번도 더 씻을 텐데
수증기로 가득하다
넘쳐흘러서 거울에 내 모습이 제대로 보이지 않는다

욕조에 갇혀
손끝이 쭈글쭈글해진 내가
물속에서도 문을 열 수 있다면
입안 구석구석을 깨끗이 헹굴 텐데

들어오는 거품을 맞으며
노래를 흥얼거릴 텐데
두 다리가 붙어 버렸다

생각하고
생각한 다음

물속에 얼굴을 넣어 본다
물방울들이 다 달라붙을 때까지

빛을 내는 독처럼

조금 자라고
둥글게

수면이 점점 깨끗해질 때
가시가 박힌 해파리를 보았다
이렇게 속이 훤한데

내게는 보이지 않는

마음을 나눠 갖는다면 좋을 텐데
그럴 수 있다면
비를 맞아도 한쪽 어깨만 젖진 않을 텐데

그런 마음으로
그림자가 자라났다

바닥을 생각할수록
사람 몸에는 뚫린 구멍이 많다는 생각이

몰려오면

어제 지었던 표정들이 밀물처럼 차오르고
물컹한 촉수들이 떠다녔다
푸른빛을 내며

손발이 퉁퉁 불어도
물 밖으로 나가려 하지 않는

물속에서는 누가 누군지 구분이 되질 않고
잡으려고 하면 자꾸만 미끄러지는

살려 달라고 외쳤다
더 크게
크게

마지막까지 머물러 있는 것은
사람이 아니라
모래 위에 떨어진 몸의 일부겠지

돌처럼

다음 풍경을 기다리고 또 기다렸다

깊은 곳에서
숨을 오래도록 참았다

무엇이 진짜일까 생각하면서

최후의 빛

최초의 빛을 떠올려 보세요. 심령술사가 말한다.
빛을 따라가 보세요. 무엇이 느껴지나요?
어둠, 어둠이 보입니다.
이제 그 어둠속에서 문 하나를 천천히 만들어 보세요.

마당이었다. 나는 화분에 물을 주고 있었다. 줄기가 심어져 있는 화분이었다. 나무가 자라는지도 모르고 나는 계속해서 물을 주었다. 나무는 어느새 내 허리까지 올라와 있었다. 나는 물을 주는 것을 멈출 수가 없었다. 물은 넘쳐흘러 집 안까지 들어가기 시작했다. 가구들이 부서졌다. 지붕 조각들이 떨어져 계단에 부딪혔다. 물이 콸콸 쏟아졌다. 너무 차가워 두 발을 움직일 수가 없었다. 나는 커진 나무를 바라보았다. 나무 안으로 집이 천천히 빨려 들어가고 있었다. 흰 빛들이 가득 들어차고 있었다.

심령술사의 핑거스냅 소리가 들렸다.
일정한 간격으로
　　　시
　　　　　계
　　　　　　　추
　　　　　　　　가 나무에 무

덮혔다. 화분에 금이 갔다. 나는 여전히 물을 주는 자세 그대로 멈춰 서 있었다. 물은 어느새 내 목까지 차오르고 있었다. 목소리가 들려오는데도 나는 모든 장면을 바라만 보고 있었다. 꿈에서라도 행복한 가정이고 싶었다.

가정 예배

눈은 언제 뜨는 것이 옳을까

눈을 감고 있는 사람들을 보면 신념이 생겼다 중얼거리
는 사람들은 모두 열심히 마음을 묻어 두는 것 같았다 천
천히 느리게 죽음을 맞이하는 사람처럼 나무를 생각하지
않고는 식사를 할 수가 없었다

나무 냄새가 나는 식탁에 앉아 있었다 내가 앉은 의자
에는 빛이 있었다 식탁에선 기도를 하는 사람과 끝을 기다
리는 사람들로 나뉘었다 등이 없는 의자보단 등을 맞댈 수
있는 의자가 좋았고

오늘만은 서로를 너무 믿지 말자

식탁에는 사람이 모자랐으므로 잠시 동안 우리는 식사
를 멈추었다 컵에 담긴 물이 엎질러졌다 반의 반의 반 컵
이 된 물컵 숟가락은 말이 없었다 입천장이 까졌다 먹은
것도 없는데 입술이 하얗게 부풀어 올랐다

거기 물 좀 주세요

　도마 위에 죽어 가는 것들처럼 동그랗게 말린 혀 벌레를
죽이면 나뭇잎 냄새가 났다 마주앉아 미래를 생각하고 죽
고 또 죽은 다음 다시 살아난 자리처럼 내가 앉은 의자는
이곳에 너무 오래 살았다 천천히 먹자 체하지 말고 나는
오늘 새로 산 도마와 오래 살고 싶다

매미 소리와 빗소리와
망치 소리가 들리는 여름

한여름이 오기 전 시코쿠에 가고 싶어

앰뷸런스를 타고 가는 네가 나에게 말한다 그곳의 숲들은 모두 이어져 있대 마을 입구에 세워진 석상을 보고 알 수 있는 거지 사원으로 가는 길이 하나인 거야 나는 너에게 꼭 그러자고 대답한다 할 수 있는 말이 많지 않아서

한숨 자고 나면 괜찮아질 거야

다 그럴 거야 그런 말을 하며 긴 밤을 함께 걸었으니까 여름엔 어떤 곳을 가도 길이 다 이어져 있는 것 같다 너의 말대로 장마가 길어지면 돌아오지 않는 사람들이 있고 옥상에서 떨어져 길 한가운데에 빗물을 맞으며 한참 동안 누워있는 사람도 있다 그 모습을 떠올리다

눈을 감았다 떠도 매미가 창가에 붙어 있는 것을 보면 아직 여름이 끝나지 않았구나 생각하게 된다 정말 끈질기게 붙어 있다 정말 끈질기게

네가 웃는다 내 손을 꼭 잡는다 너는 이미 사라져 가는 것들에 대해 알고 있다 그 옥상엔 대규모 정원이 들어설 예정이었는데 네가 사라진 자리엔 안전모를 쓴 인부가 어느새 바닥을 두드리고 있다 건물 전체가 흔들리고

매미 소리와 빗소리와 망치 소리가 들리는 여름

잠에서 깨어나 물 한잔을 마신다 창문을 열자 길게 숲길이 이어진다 비구름이 북쪽으로 이동하는 동안 소매를 반쯤 접은 인부들이 망치를 들고 숲으로 걸어 들어간다 사원에서 피우는 향냄새를 맡으면서

현장 보존선

그에게서 전화가 왔다

죽었는데 어떻게 전화를 하세요?
나는 묻고

같이 걷고 싶어서요
그가 말한다

저 앞 사거리까지만
통화하며 같이 걷기로 하는데

신발도 없이 죽는 건 서러우니까

매일 양말 먼저 신는다고 한다
부끄럽지 않게

거리에는 그와 닮은 사람들이 가득하다

어떤 장면에서는 죽고 어떤 장면에서는 살아 있는

무성 영화의 엑스트라처럼

거리에는 새로운 나무들로
교체가 한창이다

그가 죽은 자리가 이곳이구나
나는 횡단보도 앞에 서 있다

그는 무슨 양말을 골랐을까
생각한다

사람들은 그것을 밟으며 지나간다

너무 오래 들여다보아서
잠시 눈앞이 흐려지는데

누군가 뒤에서 말한다

재수가 없으려니까

팔을 보니 멍이 크게 들어있다
통화가 끊어지고

들것에 실려 나가는 나무를 본 적이 있다
뿌리를 훤히 드러낸 채

줄눈

머리부터 발끝까지
딱딱하게 굳어 가는 뼈마디를 만져 본다

곳곳의 틈을 메우기 위해
친환경 안료를 짜낸다

오늘은 여기부터 합시다
짧게 말하고

소수점처럼 떨어진다

옆 사람이
옷에 묻은 가루를 털어 낸다

정말 겨울이 오려나 봐

불이 흔들릴 때마다
젖어 가는 기분

틈을 메우던 손이
어느새 담뱃불을 붙이고 있다

뒷모습처럼
페인트가 굳어 간다

욕실은 사각형 모양
각이 진 게 좋고

나는 다시 틈을 찾는다

계속 쪼그린 상태로
붙이고 메우고를 반복하면

함께 앉은 사람들끼리
점심을 먹고 와

다시 미끄러지는 손목들

틈이 있다는 건 기분이 좋은 일이니까
자꾸 끼워 넣는다

옆 사람이 타일을 붙인다

한 쪽 바닥을 채우면
나는 빈 곳을 메운다

소수는 끝도 없어
난 네모난 게 좋은데

물고기의 마음

이가 빠지면
물가에 이를 던졌다

그럴 때마다 물고기들은
밥을 주는 줄 알고 입을 뻐끔거렸다

입안 가득
이를 물고 거슬러 올라가는

물살을 바라보면서

맑은 물가에서도
사람이 나올 수 있다고

빛에 반사되는 물결처럼

기도가 계속되면
없던 것들이 있는 것이 되기도 했다

거슬러 올라가려면
더 많이 두드려 볼 바닥이 필요해

우르르 몰려왔다가
반대편으로 건너가는 아이들처럼

몸이 자꾸 작아져
나는 물고기만 한 마음을 가지게 되었다

살아 있기 때문에

살아 있는 것엔
함부로 장난치는 것이 아니라고

모두
입을 모아 말했는데

그날 밤 꿈속에서 나는
물가에 발을 넣어 보았다

무언가 스치면

그것도 살아 있는 것이라고 함부로 장난치는 것이 아니라고
야단을 맞았다

일어나 보니

비가 와서 물이 불어나면
물고기들이 헤엄쳐 올라온다는 사실만 기억이 났다

사랑만 남은 사랑 시

읽다가 책을 덮었다
사랑이 모자라서

눈들이 깨끗해지기 위해
창문이 존재한다는 사실을 알았다

더 많은 사랑을 위해
창문을 그렸다

컵을 던져도
깨지지 않는

책장에 쌓이는 먼지처럼
손으로 쓸어도 날아가지 않는

풍경들을 뒤로 한 채

겨울이 되면 재가 흩날리는
책상 앞에 앉아 있었다

창문에는 죽은 생명체들이
입김처럼 붙어나고

덕지덕지 얼룩들이 생겼다

컵을 던지면
분명 손잡이가 깨졌는데

멜로 영화에 나오는 사람들은
사랑에 실패해도
다시 새 삶을 살 수 있었다

더 청렴해진 마음으로
빗방울을 그렸다

붓과 물감으로
더 자세하게 그렸다

사랑이 어렵다고 생각하는 사람과
사랑을 하고 싶어서

열심히 창문을 닦다가

"사랑하는 사람에게"만 써진 편지를 발견했다

턱을 너무 오래 괴어
팔꿈치가 아파 왔다

새 구절을 발견할 때까지

사랑에 관한 편지를
소리 내어 읽어 보았다

2부
사랑했던 것을
조금 남기는
기분으로

축일

옷장 안에서
그러니까 그때

한참 동안 나가질 못해서
나 자신이 죽은 사람이라고 생각했다

옷장 안의 일은 아무도 모르니까
나는 숨 쉬는 법부터 다시 배웠다

벽에
혀가 닿았다

우리집 개는 내가 없으면 밥을 못 먹는데
겨울 내내 쓴 일기장도 다 숨기지 못했는데

친구들아 내가 만약 죽으면 너희에게 내 만화책을 몽땅
나눠 줄게 그러니 싸우지 마

그런 건 경험해 보지 못하고 죽겠지만

그때를 떠올리며
나는 옷걸이 대신 빗장뼈를 가지고 놀았다

걸 수 있는 건 다 걸자

다행히 바지는 입은 채로
체면 같은 게 있으니까

어두운 천장을 보는 일도 하나의 슬픔이라서
혀에서 니스 맛이 났다
오래도록

보이지 않는 곳에서 상처가 나면 덜 아프대
그러려면 옷장 속으로 들어가야 하는데

셔츠에서 셔츠로 코트에서 코트로

나는 보조개가 두 개라서

사랑을 두 배로 받은 아이인데

일곱 살 때 생긴 흉터를 아홉 살 때 생긴 거라고
부모님이 우겼다

우리가 얼마나 찾아다녔는지 아니?
그래도 밥은 잘 먹잖아요

추문도 없이

언제 들어간 것인지 모를
그러니까 그때

부활절인지도 모르고
옷장 깊은 곳에서 새 양말을 발견했다

라스 우바스(Las uvas)*

 빛이 오고 있었다. 이곳에는 포도밖에 없는데. 새로 산 은접시에서 빛이 났다. 포도 열두 알이 올려져 있었다. 포도를 까 주던 손이 있었다. 파랗게 혹은 검게 물든 손끝을 바라보며 우는 사람이 있었다. 죄를 짓지 않아도 죄를 지은 사람처럼 우는 등이 있었다. 눈이 쏟아져 내렸다. 우는 모습을 지우듯. 포도를 받아먹던 어린 손들이 있었다. 자라서 등을 어루만지면 얼마나 좋을까 생각하던 어린 날들이 있었다. 그땐 나의 영혼이 포도알처럼 보이기도 했었는데 발가벗겨진 기분은 이런 것일까? 기도하던 어린 영혼 또한 있었다. 어제와 오늘은 다르지 않지만 작년과 올해는 아침부터 달라서 기도를 더 오래해야 했다. 가지 말라고 하면 남겨진 것들과 버려진 것들이 동시에 보였다. 예를 들면 포도 껍질 같은 것. 포도 위에 감겨진 흰 종이 같은 것. 오지 말라고 말하면 오는 것들이 있었다. 자정의 소리에 맞춰 빛이 오고 있었다. 이곳에는 포도를 까 주던 손과 우는 사람이 없는데. 나는 열두 알의 포도를 씹고 또 씹고 단물이 다 빠질 때까지 씹은 다음 손끝을 바라보았다. 십자가의 불빛이 참 아름답다 생각하면서. 사람들이 환호성을 질렀다.

* 새해가 되면 포도 열두 알을 먹는 스페인의 풍습.

축복받은 집

— 레밍

손님이 오면 앉을 자리가 필요해

나는 방석을 준비했다 친구들은 아침에 죽어 있다가 해가 지면 함께 식사를 하려고 모였다 겨울에 꾸는 꿈은 언제나 정해져 있어서 우리는 늘 추락하는 꿈만 꾸었다

한 번 떨어지고 나면 두려움이 사라지더라 누군가 말했다 어디까지 떨어질 수 있을까 접시에 놓인 일 인분의 양처럼 각자 일 인분의 높이에 대해 생각했다

함께 슬픔을 나누려면 몇 명이나 필요하지

나는 수를 세다가 레밍의 죽음에 대해 떠올렸다 맹목적으로 우두머리를 따라가다가 그대로 바다에 빠져 죽게 되는

그런 믿음

놓쳐 버린 눈으로

우리는 가끔 악수를 하고 끼니를 챙겨 먹었다 컵을 놓치
지 않으려고 반복해서 자꾸만 힘을 주었다 남겨진 레밍들
이 죽은 레밍의 몫까지 열심히 땅을 파는 것처럼

　코를 풀 땐 귀 한쪽이 자주 막혔는데
　빼내려고 하면 오히려 막히는 구멍들이 있었다

　다음 생에도 우리가 만난다면 나는 똑같이 손님을 맞이
할 텐데
　그릇에 맑은 술이 넘쳐흘렀다

　모두가 한꺼번에 슬픔을 나누면
　그건 그거대로 슬프지 않았다

끝과 시작

산을 오르고 있었다. 누군가 꼭대기까지 걸어야 한다고 말했다. 다 같이 걷고 또 걷고. 그런데 당신들은 누구신가요? 사람들은 대답이 없었다. 나무들은 모두 하나의 나무인 것처럼 보였다. 계속 같은 자리만 맴도는 것 같은데. 반딧불이가 팔목에 앉았다 바람이 불자 사라졌다. 나뭇잎 하나가 앞 사람의 어깨에 툭하고 떨어지는 순간, 모두 위를 쳐다보았다. 안개 사이로 까만 점 하나가 보였다. 새들이 날아오르고 있었다. 누군가 그곳이 정상이라고 알려 주었다. 나는 나의 발을 내려다보았다. 맨발이었다. 뒤꿈치에서 피가 나기 시작했다. 작은 모래들이 발가락 사이사이로 들어오고 있었다. 그래서 다음은 어떻게 하면 좋을까? 계속 걸어야 한다고 말했다. 나는 정말로 그 말처럼 계속 걷고 있었다. 먼저 앞서간 사람들의 발자국을 따라 나는 나의 발을 가져다 대 보았다. 피가 고여 있었다. 흙은 축축했다. 비가 오는데도 걸음을 멈추지 않았다. 길이 좁아도 우리는 추락할 수가 없었다. 누군가 중얼거렸다. 맨 앞에 서 있는 사람이 갑자기 손을 들어 어딘가를 가리켰다. 그곳에선 해가 뜨고 있었다. 멀리서 색들이 입혀지고 있었다. 나는 너무 아름다워서 달려 나갔는데 그래도 꿈에서 깨어나

질 않아 누군가 이곳이 책 속이라는 것을 알려 주었다. 그 사람은 "대지가 꿈틀댄다. 우리는 이제 대지의 일부가 되었다."*고 외쳤다. 그 말처럼 대지 사이로 새싹들이 돋아나고 있었다. 나는 계속해서 걸어 나갔다.

* 비스와바 쉼보르스카, 『끝과 시작』, 「명예회복」 "대지가 꿈틀댄다 ── 그들은 이제 대지의 일부가 되었다." 변용. 문학과지성사, 2016.

0

펭귄이
걷다가 뛰다가 날다가

떨어져서 우는 것을 보았다

그렇게 떨어져서 죽은
펭귄의 뼈를 모아

둥지를 만드는 녀석도 있다고 들었는데

저번주에 만났던 사람이
오늘은 연락이 되질 않았다

그와 처음 만났을 때
그는 자신이 죽으려고 다리 위에 올라간 이야기를 전해
주었다

디리 밑에는 강과 빈노가 보였는데
자연스럽게 몸이 강 쪽으로 움직였다는 이야기

그래도 사람이 다니는 길목에선 죽고 싶지 않았나 봐요
그렇게 말하고 그는 찻잔을 돌렸다

사랑했던 것을 조금 남기는 기분으로
꼴깍

새끼 펭귄에겐 방수 기능이 없대요 그래서 비가 많이 내
리면 집이 사라져서 죽는 게 아니라 저체온증으로 죽는 게
더 흔하대요

그가 말한 것처럼
겨울은 잃을 게 너무 많다는 느낌

바닥의 투명함이 다 보일 때까지

펭귄은 계속 걸을 수 있었다
TV 화면이 꺼진 뒤에도

걷다가 뛰다가 날다가
떨어지기도 하겠지만

팔이 발끝에 닿지 않아
친구들이 등을 눌러 주었던 때처럼

살고 싶은 사람의 어깨를 두 손으로 감싸 보았다

봄이 오면 우리 다시 만나요
그가 했던 말처럼

유연해지고 싶은 몸
마음의 시간

우리가 다시 볼 수 있어야 할 텐데

찻잔 바닥엔
찻잎들이 오래 남아 있었다

눈과 얼음이 뒤섞여
진흙투성이가 된 얼굴이 떠올랐다

종합병원

병원에 간다. 병원에 가면 소리를 지르는 사람과 눈물을 참는 사람, 그 사이에서 별 대수롭지 않게 앉아 있는 사람을 모두 한꺼번에 볼 수 있다. 조용히 자기 차례를 기다리는 사람까지. 이곳의 꽃들은 조화지만 모두 잎을 활짝 벌리고 있다.

선생님이 내 이름을 부를 때 나는 갑자기 어색해진다. 부끄러워 도망치고 싶어 참다 견디지 못할 그쯤에 나는 진료실에 들어가 천장을 보고 눕는다. 이제 다 끝난 것이다, 생각한다. 의사 선생님이 배의 윗부분을 누르며 이곳이냐고 묻는다. 나는 거기가 아팠던 것 같기도 하고, 이제 보니 괜찮은 것 같기도 하다. 다시 배의 오른쪽을 누르며 이곳은 아프지 않지요?라고 묻는다. 만약 이곳이 아팠더라면 데굴데굴 굴러서 왔을 거라고 웃으며 말한다. 사실 하나도 웃기지 않지만

조금 탈이 난 것 같다고, 먹을 것을 가장 주의해야 한다고 말한다. 정파글 지켜보고 그래도 아프면 일주일 뒤에 다시 오라고 한다. 나는 처방전을 들고 약국으로 향한다. 약을

기다리는 동안 뭐 살 건 없는지 둘러보다 밴드와 파스 하나를 구매한다. 또 한 번 약국에서도 내 이름을 들어야 하고, 30분 간격을 두고 먹어야 하는 약은 벌써부터 힘이 빠진다. 물약 한 개와 알약 네 개가 담긴 약봉지를 받아 가방 속에 넣는다. 병원 문을 나서는데 벌써 계절이 바뀌어 화단의 꽃들이 뽑혀지고 있다.

　나는 오늘과 내일 먹을 죽을 사러 사거리를 건넌다. 집으로 돌아가는 행인들 사이에서 한 번도 아파 본 적이 없었던 사람처럼. 교차로에선 모두 자기 차례가 언제인지 잘 아는 것처럼 보인다.

홀

물을 주세요
내일은 날씨가 괜찮을 거예요

조금 자란 화분을 가꾸는 일은
인내심을 기르기 위해서

어떤 새는 자기가 판 구멍에
부리를 박고 죽기도 한다

비디에 간 적 없지만 바다 냄새를 아는 우리와
창밖에는 너무 많은 우산들
추락하는 새

운동장에는 구멍이 많다
친구는 태풍이 올 거라고 말했다
남아있는 친구들과 내기를 하고
점심시간에 먹지 못한 우유를 꺼내 마셨다

먹을 것을 주는 사람은 착한 사람

그런 사람은 따라가면 안 되고
두 손 가득
쏟아지는 사탕

명찰을 만지작거리는 얼굴들이
걱정스럽고 다행인 순간

우리의 이름을 칠판에 적자

쏟아지는 창문에
새 한 마리가 머리를 박았다

너도 집으로 가지 못했구나
오늘 밤엔 우리 모두 싶은 잠을 사도록 해

새는 따뜻했다
친구들은 누군가 데리러 올 거라고 말했다

새를 돌보는 동안

줄기가 자라고 잎이 생긴 강낭콩과
파도에 무너질 것을 알지만 모래성을 쌓는 사람들
태풍이 오는 사이 몇 명이 사라졌지만
다친 사람은 없었다는 이야기

죽었는지 살았는지 모를
새를
운동장에 묻어 주고 왔다

그래도 괜찮은 날 같아서
누가 이름을 불러도 대답하지 않았는데
다른 친구가 대답했다

이제 집에 가야지

우리 중 누구도 구멍에 대해 이야기하지 않았지만
푹푹 빠지는 서로의 몸을 쳐다보았다

레몬과 회개

새 학기가 시작되자 너는 내게 사탕을 건네주었다. 신게 진짜 맛있는 거라고. 나는 사탕을 입에 넣으면서 얼굴을 찡그렸다. 레몬 향이 교실 가득 퍼져 나갔다.

덕분에 나는 너를 따라 신 것을 자주 먹게 되고, 자주 바스락거리고, 책상 서랍 안엔 사탕 봉지가 쌓여 가기 시작했다. 사탕은 왜 이렇게 동그랗게 생겼을까? 꼭 사람 뒤통수같이 말이야. 네가 말했다. 교실 안에서 우리는 함께 돌려지고, 두리번거리고, 버려지는 순간들이 많아졌다. 책상에 그어진 선이 점점 불분명해졌다.

여름이 되면 수업을 듣던 뒤통수가 자주 녹아 갔다. 너는 쓰러졌고, 나는 양호실에 누운 너를 한참 동안 바라보다가 잠이 들었다. 먼저 일어난 너는 창밖으로 부모님과 하교하는 친구들을 바라보면서 이런 건 하나도 재미있지 않다며 블라인드를 내렸다. 나는 고개를 끄덕였고, 너는 내일부터 학교에 나오지 않을 거라고 말했다. 너의 표정은 단단해 보였다. 나는 블라인드의 벌어진 틈으로 손을 맞잡고 걸어가는 친구들을 마저 바라보았다.

교문 밖을 나서면서 우리는 최대한 서로의 속도에 맞춰 걸었다. 오늘이 마지막일지도 모른다는 생각에 나는 용기를 내어 너의 손을 잡고 걸어 나갔다. 우리는 교차로에서 헤어졌어야 했는데 주머니 속에서 바스락거리는 소리만 났다. 누구도 내일 또 보자는 말은 하지 못했다.

작게 부서진 돌멩이들만 함께 바라보다가 나는 메고 있던 가방을 거꾸로 털기 시작했다. 쪽지와 펜과 사탕들이 뒤섞여 바닥으로 떨어졌다. 나는 사탕을 모두 주워 너의 가방 속에 욱여넣었다. 너는 뭐하냐고 물었고, 나는 충분하진 않겠지만 한 계절은 버틸 수 있을 거라고 말했다. 뒤도 돌아보지 않고 달려갔다.

골목은 왜 이렇게 어지러운지, 집으로 가는 길에 어떤 아주머니께서 갑자기 나를 불러 세웠다. 아주머니는 회개하세요라는 말과 함께 내게 휴지를 건네주었다. 〈주님은 항상 우리의 곁에 있습니다〉라고 써진 휴지였다. 휴지 뒤엔 사탕 하나가 붙어 있었다. 레몬이었으면 좋았겠지만 계피였다. 이미 너무 많이 울어 회개는 실패했다고 생각했다.

신 것을 먹게 되면 정말 신맛에만 집중할 수 있었다. 네가 말한 것처럼 레몬을 생각하면 입안에 침이 고였고, 어떤 처음은 살면서 절대 잊을 수 없다고 생각했다.

여전히 단단한 사탕처럼

프랑스 영화처럼

우리가 어떻게 사랑을 했지?
벤치에 앉아 물었지만

바람은 불지 않고
나무가 흔들렸다

흑백이 된 나는
색이 있는 널 사랑해야 하는데
자꾸만 웃음이 나서 NG가 났다

안쪽 윗니가 흔들리고 있어요

병원에는 병원 냄새가 나고
꿈속에선 냄새를 맡을 수 없는데
특별히 먹은 것이 있냐고 의사가 물었다

먹은 게 없는데요
길 생각해 보세요

나는 의사의 말을 잘 생각해 보았다
나는 어떻게 죽었지요?

평소에 의식하지 않다가
물도 금식하고 오세요라는 말을 들으면
갈증이 나는 것처럼

사람들은 왜 죽은 사람을 좋아할까
이미 죽었는데

참 우리 사랑을 해야 하는데

내가 먼저 죽어 버렸지 그런데 너는
사랑이 뭔시도 모르고

입안에 굴러다니는 사탕처럼
내 꿈에 도착했다

아무것도 빌지 않았다

벤치에 앉아 연기를 해야 하는데
대사를 자꾸 바꿔 혼이 났다

방금 지나간 그 사람 색을 가지고 있었는데 너도 봤지?
언제 왔어? 오면 온다고 말을 하지

흔들리는 이를 꾹 참으며
다음 대사를 이어 나갔다

시네마 천국

저는 가진 게 주머니뿐인데요
아이가 말한다

입에 물고 있는 것을 다 토해 내라
어른이 말한다

나는 그런 영화를 보고 있다

아이들이 과자를 뱉어 내고
나를 쳐다본다

미안해 나는 그곳 사람이 아니야 도와줄 수가 없어
내가 말한다

옥수수는 옥수수대로 익어 가는 마음이 있지요 저는 그
것 하나면 됩니다 터질 듯이
농부가 말한다

오직 땅 위에 올라오는 작물만이 믿을 수 있기 때문에

너는 그것만 하면 된단다 미칠 듯이
　지주가 말한다

　나는 그런 광활한 마을을 보고 있다

　농부들이 땅을 파헤치고
　나를 쳐다본다

　미안해 나는 여전히 그곳에 갈 수 없어
　내가 말한다

　장벽을 올리고 싶은 성안의 사람들과
　문을 두드리고 싶은 성 밖의 사람들이 있는

　몰락함을 보고 있다
　끝나지 않은 이야기를 듣고 있다

　멈추면 안 되는 상년처럼
　계속 돌아가는 영사기처럼

나는 가진 게 필름뿐이라서
손을 뻗는다

봤던 영화가 틀어지고
또 틀어지는

작은 영화관에서

매번 같은 장면에서 누군가 울고 있는
그런 장면을 나는 보고 있다

손에 쥔 작은 불빛을 보자
이곳은 정말 폐허가 됐구나, 생각했다

영화와 해변

걷는 동안 조약돌을 주웠다

몇 개를 더 골라 손바닥에 펼쳐놓고 가만히 바라보았다
모두 다 흑백이었다

발가락과 손가락 사이로

한동안 머물러 있다가 수평선 너머로 사라지는
파도가

차가웠다

사랑이 뭐라고 생각해?라는 물음에 나는 물을 담듯이
두 손을 모아 내밀어 보여 주었다 그는 내 손바닥을 가만
히 바라보고

다음 신에서 만나

그가 말한 것처럼 우리는 언덕 너머로 길게 이어진 해변

을 마지막으로 달려 나갔다

　젖어 있는 돌과 말라 가는 돌 사이로
　검정과 흰색 사이

　푸른 빛이 쏟아지는 곳으로

최초의 빛

사랑하는 마음을 다 받을 수 없어 한곳에 풀어놓았더니
누군가 흰색으로 덮어 버렸다
굳어서 만져지지 않은 것들이 대부분이었다
누군가 뒤에서 속삭이기 시작했다
빛이 잠시 나를 통과해 지나쳐 갔다

얼음

　　　　　　　　　　펜타프리즘

　　　　예배당 의자

　　　　　　　　　　　　　스테인글라스

　　　　　　그레이프프루트

　　풀 속에서의 낮잠

　　　　　　　　　　붉은 회전목마

스쿠버다이빙

　　　　　　신인상주의

　　　　걷는다

포옹과 함께　　　　　　　　초록의 부끄러움

　　　　지붕 밑에 개미

　　　　드로잉

　　　　　　　뒷모습과 악수하기

　　　　자유와 자세

꿈속의 순록   부끄러운 물방울

        창백한 구름

                아끼던 물감

    돌음계단

            움직이는 슬픔

                        떨어진다

다시

                        손에

        담아 보면서

                                주먹을

                        꼭 쥐어 본다

예배당

예배당 의자에 손수건이 떨어져 있다
누가 놓고 간 것인지 알 수 없지만

손수건은 잃어버릴 때보다
빌려줄 때가 많고
그럴 땐 제 역할을 톡톡히 해낸다

다 젖은 채로

온통
하얗다

그런 말을 하며 노인이 걸어 나간다

물이 뚝뚝 떨어진다

눈뭉치처럼 한참을 웅크리고 있던
손수건을
나는 계속해서 짜낸다

오르간 소리가 어디까지 닿을 수 있을까
상상해 보면서

3부
잘 우는
사람이 되고 싶어

고해성사

배가 고프지 않았다

새로 산 향초에
불이 잘 붙지 않았고

오늘 오후엔 분명 눈이 내린다 했는데

옥상으로 올라갈 때마다
장면이 바뀌었다

어느 날은 해변이었다가
어느 날은 성당으로

나는 파도를 생각하고
수평선에 갈 수 있다는 믿음으로

어제 입었던 옷을
오늘도 꺼내 입었다

내게 주어진
따뜻함에 대해 생각하다가

스웨터에 보풀이 많다
한꺼번에 많은 것을 떼어 내려고 하면
떼어지지가 않고

유원지에서 바람개비를 놓쳐 버린 아이와
사진기가 없는 가족들은
유실에 대해 생각해 본 적이 있을 것이다

오랜만에 만난 사람이
죽기 전 무엇을 하고 싶냐고 내게 물었다

마중을 나갈 거야

눈 내린 성당 밑으로
감들이 있는 희안 계들

꿈속에서 누군가를 만난 것처럼
더 이상 뒤척이지 않고

만약 천국에 갔는데
내가 나빠지면 어떡하지 한참을 생각했다

여름은 온통 내가 사랑한 바깥이었다

그해 여름 죽은 나무에서 사과가 열렸다 버즈는 아직 모르는 듯했다 나는 몇몇 사람들을 따라 지구가 네모일지도 모른다는 농담을 했다 버즈는 한참동안 불면증에 대해 이야기 했다 이봐 밥을 먹어야지 사람이라면 밥은 먹어야지 주전자에서 물이 끓었다 접시는 깨끗했다 우리의 이야기와 사라진 옆집 사람과는 아무런 관련이 없었지만

TV 속 사람들이 몸을 웅크린 채 집 밖으로 나오지 않는다는 걸 알았다

신에게도 높이가 필요하다는 말 들어봤어?

버즈가 창문을 열어 절벽을 가리켰다
투명해져 가는 손가락 사이로 바다가 보였다

그런 말을 한 건 테드였어 테드는 괴짜로 유명했지 이웃들은 테드의 말을 믿지 않았지만 나는 테드를 믿고 싶었어 우리에게도 높이가 필요했던 걸까 그런 걸 가지면 떨어질 뿐인데 나와 네느는 알 수 없는 운명에 대해 가능성에 대해 이야기를 나누곤 했지 테드, 너는 무엇도 두렵지 않니?

무엇도? 응.

빛은 창가에 쏟아진 다음에도 우리를 떠나지 않았어

테드는 나를 믿고 나는 테드를 믿었지 우린 운명이라는 보이지 않는 실로 연결되어 있었으니까 붉은 실 대신 붉은 사과는 어때? 농담도 하면서 테드는 우리 집에서 열린 사과를 참 좋아했어 이렇게 붉은 사과는 처음이라면서 먹던 씨를 뱉어 깊은 바닷속에 심어도 무럭무럭 자라날 거라고 말했지 테드는 사과를 한입 크게 베어 물고 절벽 아래로 사과 씨를 떨어뜨렸어

노랗고 단 과즙들이 폭죽처럼 쏟아져 내렸지

머리 위로 비행기가 지나다니면 처음엔 아름답다가 점점 무서워져 도착시가 어디일까? 무사히 노착할 수 있을까? 안부를 묻기도 전에 누군가는 죽고 지구 반대편에서는 식사를 해 아무 일도 일어나지 않은 것처럼 식탁에 둘러앉아 뉴스를 봐 신기하지 그렇게 살아야 한다는 게 이웃들은 모두 창문을 닫았어

절벽 위로 올라갈수록 왜 신과 멀어지는 기분이 드는 걸까 그곳에서 바라본 하늘은 정말 하나의 마을 같을까? 계단이 보였다면 올라갔을 거야 테드, 이게 우리의 운명이라면 무엇도 두렵지 않아 무엇도.

마을이 하나 둘 균열을 일으키고 바닥이 갈라졌지 집들이 뒤집히고 모든 게 바다로 굴러가기 시작했어 세계의 끝처럼 하늘과 바다가 맞닿는 곳으로 테드는 뛰어들었지 나도 테드를 따라 뛰어들었어 깊게 더 깊은 곳으로

테드, 우리가 잘 도착할 수 있을까?

버즈, 이곳이 천국이야

테드의 손은 차갑고 나는 숨이 차올라
신을 잘 몰랐지

삼식원 노른 섯

하나의 빛이 되고

질문이 된다

테드, 나를 좀 봐

(……)

끝내 테드는 물 밖으로 나오지 않았어

나는 버즈의 어깨에 손을 올려보았다

며칠 동안 바람이 더 불었다면

태풍에 휩싸여 버즈의 집에 하루 더 묵었다면

우리는 지속 가능한 이야기를 했을까?

그러나 알 수 없는 날씨로 예측은 늘 빗나가고

테드를 사랑한 건 버즈였을까 그 이야기를 듣는 나였을까

버즈, 저곳에 사과가 열렸어

버즈가 고개를 끄덕였다

버즈가 몸을 눕히는 동안 창밖으로 검은 비가 내렸다 장마는 오랜만이었다 죽음이란 늘 소리가 없었으니까 사람이라면 밥을 먹어야지 나는 소파 뒤로 길고 투명해진 몸을 젖혀 보았다

바깥은 온통 내가 사랑한 여름이었다

그 바다를 바라보는
우리의 모습까지도

선이 맞지 않는

타일을 세는 동안
손에 든 컵을 놓쳤다

쏟아지는 소나기처럼

어떤 표정은
밖으로 나갈 생각을 하지 않고

벽은 하얗다
설탕같이

녹아서
다 어디로 흘러가는지

흰색을 생각하면
누군가에게 기대는 느낌이 들어

거울 안의 나를 믿었다
부끄러운 마음으로

창은 닫혀 있었다
세면대가 이리도 높았나

한 사람의 얼굴을 유심히 바라보는 것처럼
경이로운 일은 없는데

손에서 단내가 났다

주룩
흘러내리면

어떤 어른이 되어야
초 하나쯤은 잘 꽂았다고 말할 수 있는지

누구도 알려 주지 않았지만
한참을 고여 있는 물

가만히 들여다보면
무엇을 진심으로 좋아할 수 있는지

헷갈렸다

컵이 깨졌어
와장창

등은 곧고

부서진 이목구비를
조심히 쓸어 담았다

밖은 잘 있나
커튼을 걷어 보았다

미약한 세계

오래 전에 죽은 언니의 꿈을 이번에도 꾸었다 언니는 여전하구나 미안해, 그렇게 말하면 왠지 슬퍼질 것 같아서 조심해, 라고 말했다 콩 한쪽도 나눠 먹으라고 했는데 우리는 밥상 앞에서 제일 많이 싸우고

다리 떨지 마 복 나가
조심해

무심하게 서로의 발톱을 잘라 주었다 밥은 먹고 놀아야 해 그럼 그렇지 숟가락을 입에 넣을 때마다 흔들리는 언니, 비인칭의 우리, 우리는 겁먹은 표정으로 세수를 하고 식탁 밑으로 들어갔다 말이 돼? 말이 안 될 이유는 없지 손가락은 모자라 모자란 건 의자지 오랫동안 누구의 숨소리도 들리지 않았다

죽지 않고 살 순 없을까?

손톱을 물어뜯었다 피가 나는데도 우리는 성실하게 서로의 앞머리를 잘라 주었다 누군가는 죽기 전에 맥주를 마

시고 누군가는 결혼식을 올린다던데 언니는 나와 밥을 먹
었다

　나는 어려서 잘 몰랐고 끝도 모르는 주제에 운다고 어른
들에게 혼이 났다 코너를 돌면 나타나는 얼굴의 옆면, 미
약한 세계라고 발음하는 입꼬리
　언니는 여전하구나
　나는 이제 언니보다 언니가 되었다

　문지방을 밟으면 귀신이 나온대 언니야
　조심해

　나는 놀라지 않았다

　빨간색으로 이름을 적지 않아도
　누군가 죽는다는 사실을 알았다

감자보다 고구마를 좋아해

내가 아는 사람은

그렇게 말하고
냉장고 문을 자주 열었다

외롭지 않으려고

나는 아니었는데
물을 반씩 나눠 마시는 게 좋았는데

어느 날 화가는 비닐 봉투를 뒤집어쓰고
죽었다

아무리 생각해도
방 안에서 죽는 건 고독하고

채소를 나눠 먹기 위해
자세를 바로 집었다

96

세상은 왜 아직도 망하지 않았을까

누군가 벗어 놓은 양말처럼

문고리만 남은 채로
영원히 사라졌으면 좋겠다

창이 없는 방에서
화가는 춤을 추고, 편지를 쓰고, 그림을 그리다
포도주를 마셨겠지만

원하지 않더라도
문이 열릴 때가 있었다

가장 어두운 곳에서

마치 내가 좋아하는 게
무엇인지 정확히 아는 것처럼

아무도 모르게 누군가의 마음을 보고 나면

자두보다 포도가 좋아

그렇게 말하고
내부가
서서히 밝아지는 사람이 있었다

어떤 향은 너무 강렬해서
오래 기억에 남게 되는데

이웃의 집에는
온통 카레 냄새가 풍겼습니다

안쪽으로 깊이 들어오세요

무엇을 좋아하는지
잘 모르겠지만

깊게 들어갈수록

화초가 많다는 생각이
머리를 휘젓는 동안

어떤 것은 줘도 줘도 모자라기 때문에

이웃은 끊임없이
카레를 젓고

그러지 않으면 눌어붙기 쉽다고

사람도 마찬가지라고
말하는데

내가 좋아하는 순간들이
나를 좋아하기까지

천천히 우려지는 차처럼

나는 누군가와 친해지기 위해
감자를 선물하기도 했습니다

냄비 안으로 쏟아지는 야채들

이렇게나 많이 하나요?
그럼요 누가 더 올 수도 있으니까요

모자란 것보다 넘치는 것이 더 낫다는
그와 친해지기 위해

뭐 도와줄 거 없을까요?
나는 묻고

생각보다 많게
숟가락을 더 놓고

준비한 찻잔을 꺼냅니다

멀리까지 퍼져 나간 향을 생각하면서

냄비 밖으로
흘러넘치는 것들을 함께하려고

굴뚝 집

긴 숲을 지나 산꼭대기에 오르면 오두막 하나가 있었다 그곳에선 매일 연기가 피어올랐으므로 우리는 그 집을 굴뚝 집이라고 불렀다 굴뚝 집에선 할아버지가 쿠키를 만들고 있었다 할아버지의 오랜 꿈은 자기 이름으로 제과점을 내는 것이었다 할아버지는 마을 아이들을 위해 날마다 불을 피우고 장작을 태웠다

밤새 반죽이 부풀어 오르고

완성된 쿠키는 아이들의 머릿속으로 들어가
아몬드와 코코넛 가루를 뿌리며 놀다

아침이 되어서야 빠져나올 수 있었다

쿠키를 받은 아이는 장난감 칼로 괴물을 무찌르는 용사가 되었고 한 아이는 바다를 항해하는 해적이 되었다 다른 아이는 신기록을 세운 카레이서가 되었고 다른 아이는 세계저으로 유명한 피아니스트가 되어 있었다 아이들은 매일 밤 기도를 하며 잠들었다 굴뚝에 피어오르는 저 연기가

제발 멈추지 않게 해 달라고

그 밤에 겨울이 찾아 왔고
마른 가지에 눈들이 쌓였다

창문을 다 덮을 때까지

눈은 내리고
또 내려

쿠키 위로 쏟아지는 설탕처럼

벽난로 앞에서 아이들이 언 손을 녹이고 있을 때 더 이상 굴뚝 집에선 연기가 피어오르지 않았다 그 이후로 할아버지를 볼 순 없었지만 연기가 온 마을을 감싸 안았다 눈이 너무 매워 눈물이 났다 그것이 내가 처음 배운 마지막이었는데 연기가 구름 위로 올라가 전부 흩어질 때까지 나는 울고 또 울었다

최초의 잼

빵 안에는 잼이 있어
고요하게

이게 무슨 과일이지?
나는 그것을 입에 넣는다

테이블은 길고
컵은 깊다

우리 어떻게 친해졌지?
의자를 당기며 내가 묻는다

무화과라고

영수증으로 배를 접으며
친구가 말한다

나는 그 말을 믿고
한입 더 베어 문다

물렁한 것들은 병 속에 들어가면 더 단단해진다던데

아무도 모르겠지

최초의 잼은 전쟁에서 이긴 후
신이 나서 만든 것이라는 걸

누구도 기억하진 못하겠지만

아침 식사는 거르지 말자
식빵은 왜 잼을 바른 면으로만 떨어질까

질픽하게

부족한 계절에
저장해 놓았던

이야기들이 바닥에 달라붙는 동안

바깥으로 몇몇의 사람들이 지나간다

바쁘게

빵 굽는 냄새를 지나
다량의 설탕 속으로

우리는 다시 만날 것이다
끈적끈적한 여름에

다만 그렇게 더 많은 병을 꺼내 보면서

앞뒤로
잼을 바를 것이다

서교동 사거리

서교동 사거리를 걷다 길 한복판에서 뱀을 안고 있는 사람을 보았다 갈색과 검은색으로 뒤덮인 뱀은 그 사람의 품에서 똬리를 틀고 있었다 멀리서 보면 바람이 들어간 비닐봉지처럼 보였다 뱀은 혀를 날름거리며 자신을 안고 있는 그 사람을 쳐다보았다 뱀은 그 사람의 목덜미를 지나 한바퀴를 돌고 다시 그 사람의 팔로 돌아왔다 주변에서 소리를 지르자 뱀은 자신의 몸 안으로 얼굴을 황급히 숨겼다 누군가 뒤에서 클랙슨을 울렸다 차의 앞부분이 사람들 쪽으로 거칠게 다가왔다 사람들은 일제히 짜증을 냈고 나는 골목 틈 사이로 자리를 옮겼다 다시 뒤를 돌아보자 어느새 뱀은 사라지고 검은 마스크를 쓴 사람들만이 나를 지나쳐 가고 있었다

너무 열심히 달려서

나무에 붙은 허물이 우수수 떨어지는 여름이었다 매미
가 죽어 있는 것을 보았다 양 날개가 찢긴 채로

자전거를 처음 탔을 때처럼 멀리 더 멀리 가서
잘 우는 사람이 되고 싶어

너무 열심히 달려서 작별해야 하는 것들과 제대로 작별
하지 못했는데 비는 계속 내렸으면 좋겠어 새 신발을 신으
면 어디선가 고무 냄새가 풍겼다 하천을 따라 번져가는 물
방울들처럼 우리는 서로 닮았다는 이유 하나만으로 사랑
에 빠지기도 했는데

어떤 것을 나눠 가질 수 있을까

그곳에선 네가 잘 살고 있었으면 좋겠어 작년에 버린
운동화를 묻어 주기로 하고 차가운 흙 속에 두 손을 넣었
다 상처난 뒤꿈치의 딱지가 떨어지는 순간 뒤에서 우는 소
리가 들렸다 나는 얼굴에 묻은 흙을 손수건으로 닦아 보
았다 이곳에선 누군가 울면 옆 사람을 따라 쉽게 울 수

있었다

그런 날엔
아주 많이 걸어도 아프지 않았다

공

공을 굴렸다
공이 내게 되돌아왔다

공을 날려 보냈다
다시 돌아오지 않기를 바라면서

운동화를 닦고
유니폼을 깨끗이 빨았다

다음 날
공은 다시 제자리로 돌아왔다

그때부터 나는 모든 공을 신중하게 굴릴 수 있었다
누군가의 눈동자 속에서 나는

공을 펑 하고 높이 찰 수 있었다

우승컵을 든 선수처럼
되고 싶어

매일 담벼락을 무너뜨리는 아이처럼

공원에
너무 오래 서 있었다

축복받은 집

사람들은 그 집을 축복받은 집이라 불렀다 그곳에 혼자 가기엔 나는 너무 어려서 사랑을 받을 때까지 기다려야 했는데 그 집 아이들은 모두 세례명을 하나씩 가지고 있었다 안토니오, 베르다, 마르첼라, 모두들 이곳에 앉으렴 그렇게 말하면 둥근 식탁에 둘러앉는 아이들, 그런데 축복이 무엇인지 아는 사람? 누군가 물어보면 빨갛게 부어오른 손바닥을 생각했다 모두 같은 표정으로

생일날 죽은 사람들을 위해 케이크는 먹지 않고 초를 껐다

축축한 것을 감출 수 있다면 흘러내리는 촛농처럼 온 겨울이 지붕을 덮진 않았을 텐데 폭죽이 터지진 않았지만 다정하게 바람을 불었다 아이들이 계속해서 태어났다 라자로, 이자벨, 도미니카처럼

본 적 없는 눈이 가장 깨끗하다고 믿는 것처럼

생크림이 묻은 얼굴을 바라보았다 긴 식사와 조금 모자

란 식탁 사이에서 부서지는 몸 부러지는 이빨 어쩌면 사람들은 보이지 않는 것을 더 미워할 수도 있지 축복받았던 기억을 잠시 숨겨 둔 채

　초가 꽂혔던 자리처럼 입안에 큰 구멍이 생겼다

　복도를 따라가다 보면 언젠간 함께 날아갈 수도 있다는 생각으로 불을 켜면 방이 사라졌다 남겨진 아이들은 부러진 이를 가지고 베개 밑으로 숨었다 생일 카드를 몇 번이고 접어 보면서 잠이 드는 아이들, 영원히 그 집의 냄새를 맡아야 하는 것처럼 것처럼 안토니오, 베르다, 마르첼라, 라자로, 이자벨, 도미니카, 모두 제자리에 앉아서 식사를 하렴 그렇게 말하자 아이들이 구멍을 따라 달려 나갔다 그런데 영원이 무엇인지 아는 사람? 저 멀리서 아이들의 몸이 저녁을 따라 길어지고 있었다

로즈메리

뿌리째 뽑았다
화분 속에 있는 로즈메리를

방으로 가는 길은 멀고
나는 향에 이끌려 로즈메리를 삼켰다

몸 안으로
로
　　즈
메
　　리
가
들어오고

손목을 찌르자
초록 물이 흘러나왔다

초록 물로 이빨을 닦고
손을 씻으니까

로즈메리 냄새가 떠나가질 않았다

어떤 장면은 냄새로 기억되고

서로를 비틀어
지은 죄를 세어 보면

나와 닮은 얼굴들이 떠올랐다

아무도 없다고 생각한 욕실에서
우는 소리가 났다

죽은 사람처럼
축축한

커다란 화분을 본 것처럼
천천히 말라 갔다

몸을 잔뜩 웅크린 채

나는 손목을 뚫고 자라난 잎과

잠이 들었다

여름에 숨겨 두었던 그늘을 겨울에 꺼내 보면서

여름 일기

눈을 감아야 보이는 사람과
물을 나눠 마셨다

아무도 찾지 않는 마루에서
수박을 먹고

라디오에서 노래가 흘러나오면
우리는 그 노래를 따라 불렀다

산 속으로 들어간 옆집 아이들은
아직 집으로 돌아오지 못했고

거미를 죽일 때마다
그런 건 죽이는 게 아니라 밖으로 보내 줘야 한다고 할
머니가 말했다

서늘한 잠처럼
여름은 사라지고

한순간, 아름답고 차가운
입술의 형체를 잃어버렸다

살아 있는 것과 죽어 있는 것을
잘 구분하지 못해서

몸을 최대한 구부려
발톱을 깎았다

더 짧게
탁
탁

할머니 장례식장에서
죽은 할머니의 꿈을 꿨다

그런데 할머니, 할머니는 이미 죽었는데 또 죽을 수 있
나요?

나는 울지도 않고
잘 참았는데

얼굴도 모르고
이름도 모르는 아이들이
나를 한참동안 깨웠다

저마다 흰 꽃을 들고

사슴의 이야기를 나는 좋아한다

호수에 빠진 사람들은
자신이 처음 본 동물로 수호신이 된다고 하던데
떠난 사람을 너무 좋아해 물가를 평생 맴돈
사슴의 이야기를 나는 좋아하고

매일 살고 싶은 마음으로
물속에 얼굴을 묻으면

사랑하는 사람의 냄새가 났다

발음이 좋아서
천국, 천국이라고 계속해서 말해 보았다

4부
더 깨끗한 마음을
가지고서

밤

밤이 깊어
이웃이 창문을 닫는다

밤이 깊어
저수지 또한 시끄럽다
오줌을 싸고 사라진 사람들 때문에

밤이 깊어
용기를 내서 거리로 나온 사람들이
언 도시를 본다

바이킹과 회전목마는 더 이상 움직이지 않고

밤이 깊어
도저히 멈출 수 없어

검다
정말 검은색이다

불을 지피고 타오르는 하늘을 본다
재가 날린다

우리가 보는 밤은 사실 진짜 밤이 아니라고

밤이 깊어
눈들이 쌓이고
이야기는 얼어서 축축하고

시간이 지나면
나는 그것을 뭉쳐 던진다

가족들이 웃는다

밤이 너무 깊어
사람들이 자꾸 나타나는 게 괴롭다

가지는 착하다

접시 위에 담긴
가지의 마음에 대해 생각했습니다

물컹해서 싫다는 사람의 마음 또한
물렁해지고요

세상엔 곧은 게 많지 않습니다
하지만 가지는 곧고

골고루 먹어야 키가 큰다고 했는데
그건 사실 다 유전이고요

나는 꾸준히 가지의 숨을 죽이는 사람
잘 뻗어 있는 가지의 마음을 부러트리는 사람

여기 좀 봐 주세요
아이들이 흘리는 밥풀처럼

식탁 위에서 우리는 자주 외면당하고

쓸모 있게 됩니다

가지는 가지로서
최선을 다해 접시 위에 담깁니다

그러므로 가지를 싫어하는 사람은 무기징역

숟가락을 들어 땅땅 내리치는 소리 대신
가지가지 한다 해도 다 듣고 있는 가지는

착합니다
가지를 먹는 사람 또한 무기징역

잘했네
밥상 앞에서 칭찬을 받기란 쉽지 않은 일

그래서 우리는 네모난 식탁에서
자주 서럽다

가지 안에 두부를 넣어 튀기면 정말 맛있는데

그런 말을 하며
종이봉투에서 접시를 꺼내는 사람의 얼굴은
어쩐지 가지와 닮아 있습니다

그는 꼿꼿하게 앉아
가지를 집어 먹습니다

참 착하게도

롤러코스터를 처음 보는 사람처럼

목이 자주 돌아가는 사람이 있어
좋은 것을 먼저 보려고

그와 나는 나란히 벤치에 앉아 있다

그는 샌드위치를 먹으며
돌아가는 것들을 본다

날아가는 구름들
빵 뒤로 삐져나온 야채를 다시 넣는 동안

유모차를 끌고 가던 손도
풍선을 꼭 쥐고 가던 뒷모습도

모두 다
줄을 서고 있다

재밌는 것이 도대체 뭔지 알 수 없지만

슬러시를 한꺼번에 먹으면
머리가 핑 돌고

흔들리는 수목 사이로
새들이 보인다

이곳이 놀이동산이라는 걸 아는지 모르는지
빵 부스러기를 쪼아 먹고 있다

그와 함께

놀이기구를 타고 싶었지만
도대체 놀이기구를 타지 않을 거면 왜 왔는지 묻고 싶었
지만

나는 그를 빤히 쳐다본다

그는 입가에 묻은 소스를 털어 내고
남은 샌드위치를 우물거리며

여기 장미가 유독 예쁘다고
지금이 아니면 못 본다고 말한다

장미를 보려고 여기까지 온 그를 위해
나는 카메라를 켜고
사진 속 얼굴이 평소와 다르긴 하다고
이곳의 장미는 정말 뭔가 다르다고

출구에서 막 나온 사람들이
정원 입구로 달려간다

지금이 아니면 안 되는
풍경 앞에서
360도 돌아가는 놀이기구처럼
못 볼 걸 본 사람처럼

그가 들어간다
이리저리 놓친 것들을 본다

저기 좀 봐 봐

집에 갈 시간이 되어도
그는 자꾸 뒤를 돌아본다

목을 제자리로 맞추려고

생활

모르는 사람으로부터
살아 있지? 라는 문자를 받았다

TV를 켜자
사람들이 들것에 실려 나가고 있었다

건물이 무너졌다고

속보를 전하던 기자 뒤로
사람들은 누군가 나오기를 기다리는 것 같았다

그것이 모르는 얼굴일지라도
반가울 것처럼

새들이 날아가고 있었다

전화벨이 울렸다
이번엔 친구로부터 온 전화였다

점심을 챙겨 먹으려고
냉장고에서 반찬을 꺼냈다

해동하는 동안
식탁에 앉아 있었는데

초인종이 울렸다
아파트 복도에서 길게 울음소리가 났다

전기포트에서 물이
조용하게 끓고 있었다

초판본 시집

읽고 싶은 시집이 절판되었다 할 수 없이 도서관에 가 초판본 시집을 구했는데 열어 보니 밑줄이 그어져 있었다 시 옆으로 낙서도 되어 있었다 초록색의 표지가 흙색이 되기까지 얼마나 많은 손들을 거쳐 갔을까 생각했다 책등 사이로 갈색 점들이 보였다 책상에 앉아 쫙 펼쳤더니 가루들이 후드득하고 떨어졌다 중반쯤 읽었을 때 몸이 간지럽기 시작했다 한 번 신경이 쓰이고 나니까 온 몸이 간지러운 것처럼 집에 돌아와서도 밤새 잠을 잘 수가 없었다

다음 날 피부과에 갔더니 작은 벌레에 물렸다고 했다 눈 밑에 있는 미세한 점을 기가 막히게 물어서 나중에 딱지가 떨어지면 점이 더 진해 보일 수 있다고 말하셨다 나는 알겠다고 하고 받아 온 약을 챙겨 먹었다 연고를 바르고 억울한 마음에 친한 선생님께 전화해 도대체 왜 저에게 이런 일이 생기는 걸까요? 하고 하소연을 했다 선생님은 웃으며 선택 당한 거 아니에요? 별 수 없죠 계속 쓸 수밖에 없겠다고 말씀하셨다 나는 무슨 소리냐고 물었지만

다시 책상 앞에 앉아 시집을 펼쳤다 무언가 이해해 보려

고 천천히 눈을 감았다 떠 보았다 시인이 사랑한 단어들이
우수수 떨어지고 눈앞에 작은 미물들이 생겼다 사라졌다
를 반복했다 눈 밑에 있는 점이 확실히 진해지고 있었다

입석

조금 어지러운 것 같아

앞에 앉은 사람이
자리에 일어서며 말한다

그는 잠시 자리를 떠나고

기차는 잠시 멈춰 서서
사람들을 기다린다

모두 올라타면

어디로 가는지 아무도 모르지만
기차가 어디든 데려갈 것이라는 걸 안다

창밖의 나무들이 흔들린다
산과 마을도 같이 흔들리고

밤이 되면

창밖의 사람들이 하나 둘 불을 켠다

아직 살고 있구나

떠나는 사람들은
오래 생각하고

화장실을 자주 가는 사람은 통로 쪽에
잠을 자주 자는 사람은 창가 쪽에 앉는다

무언가 놓고 온 듯
모두 불안해 보인다

그러나 기차는 멈추지 않고

종종 크게 덜컹거리고
잠에서 깰 정도로 무서운 소리를 낸다

안내방송이 흘러나온다

역무원이 통로를 지나다닌다

여전히

어디로 가는지는 모르지만
어딘가를 향해서는 가고 있다

나는 일어서서
긴 통로를 지나 사람들을 구경한다

흔들리는 것을 너무 오래 보면 어지러우니
무언가를 꽉 잡고 있어야 하는데

그를 찾으러 돌아다니지만
그는 어디에도 보이지 않는다

앞으로 나아가는 와중에도

빼곡하게 들어선 자리를 보자

기차가 너무 길다는 생각이 든다

선샤인 호텔

호텔에 갔다. 객실마다 테라스가 있는 호텔이었다. 너는 낡았지만 좋은 곳이라고 말했다. 너는 거짓말을 잘하지 못했다. 우리는 짐을 정리하고 수영을 하기 위해 수영복을 챙겨 로비로 내려갔다. 수영장엔 우리 둘뿐이었다. 모서리에 나뭇잎이 떠다녔지만 좋았다.

우리는 자유형과 배영을 번갈아 가면서 했다. 호텔 앞에 아이들이 자전거를 타고 지나갔다. 여기는 자전거와 오토바이를 많이 타나 봐, 네가 물속에서 나오자마자 말했다. 나는 봤냐고 물었고 너는 물속에서도 보고 싶은 건 다 보인다고 말했다. 나는 고개를 끄덕였고 수영 연습을 마저 했다. 나에겐 숨이 중요했고 너에겐 자세가 중요했다. 물속에선 더 그랬다.

나는 빠르게 숨을 써 버렸고 방으로 들어가 샤워를 하고 나왔는데 네가 선배드에 누워 있었다. 나는 그 옆에 가만히 누워 책을 읽었다. 워터프루프 책이었다. 이것 좀 봐 봐, 종이가 젖지 않는대 신기하지? 나는 물었고 참 신기하네, 네가 짧게 말했다. 나는 호텔 외벽을 둘러싼 빛을 바라보았다.

보랏빛과 주황빛이 반반 섞여 있었다. 눈을 감고 있는 얼굴에도 빛이 들었다.

빛은 점점 물 안쪽으로 깊숙이 들어가기 시작했다. 수영장에 아주 작게 물결이 일었다. 처음 듣는 언어로 투숙객들이 우리를 향해 인사를 건넸다. 이제 우리는 낡고 좋은 호텔에서 3박 4일을 더 보낼 것이다. 맛있는 조식을 먹으면서 이곳을 집이라고 생각하고 어디를 갈지 한참을 고민할 것이다. 너는 거짓말을 잘 못하니까 정말 너의 말대로 모두다 집으로 돌아가고 있었다. 낡고 좋은 우리의 홈 스위트 홈으로.

부표

바다 한가운데에 떠다니는 마음을 생각하다가

파도에 부서지는 부표들은 어쩌면 더 멀리 흩어지지 않
으려고 서로를 붙잡고 있는 것이 아닐까? 무언가를 보호
하려고 태어난 것처럼 내게도 지켜야 할 것들이 있다 아직
태어나지 않은 내 아이를 그려 보다가 입에서 짠맛이 나는
것처럼

이번에는 어디 안 가세요?

묻는 말에 이번에는 그렇게 됐네요, 대답하게 되는
동네에서

자식에게 택배를 받는 노인을 떠올리게 되고 흙 대신에
인공 잔디를 밟으며 노는 아이들과 함께
스티로폼 박스가 쌓여 간다

양치를 해야 하는데
내가 처음으로 쓴 칫솔이 아직도 썩지 않았다는 게 이

상해

　지켜야 하는 것이 아이뿐만은 아니라는 생각과 모두 씻어 내면 괜찮을 거라는 신념 속에서 거품이 생겨난다 그렇게 흘러간 물은 더 깨끗한 마음을 가지고서 다시 바다에 도착하게 되겠지 내 아이가 태어날 땐 공기를 사서 마셔야 할지도 모른다 물을 사 먹을 줄 몰랐던 그때처럼

　창밖으로 사람들이 지나간다
　한 사람을 따라서 그 뒤를 또 다른 사람이 바짝 쫓아가면서 욕조에 물이 흘러넘친다 쓰레기가 눈덩이처럼 불어난다

　그중 몇 개는
　인간이 끌어 올린 생선을 보호하기 위해 만들어졌을 것이다

　내 아이의 얼굴을 떠올려 보다가 다시 바다 위로 솟아오르는 부표를 생각하다가 결국 쓰레기장에서 부서지고 마는

스티로폼들처럼

때론 사는 것보다 죽는 게 더 어렵다는 결론이

목구멍 안으로 깊숙이 들어온다

욕실에 수증기가 가득 들어찬다

창문을 열자

언제 다시 볼 줄 모르는 눈이 욕조 안으로 들어와 부유
하고 있다

온다는 믿음

쁘라삐룬이 온대요

여기 어디쯤 우리가 살고 있을 거예요
그가 지구본을 가리킨다

벌레 한 마리가 텐트 안으로 들어오고

나는 지구 반대편을 바라본다

나는 오른쪽으로 그는 왼쪽으로
빙그르르 지구본이 돌아가는데

버려진 것들은 지구본에 보이지 않고

아이스크림이 녹아 간다
하나의 덩어리처럼

타들어 가는 발바닥을 핥으며
잠들어 가는 개들

둥근 전구를 오래 쳐다보면
비문증이 생기는 것처럼

그의 고향에는 실종된 사람들이 많다고 한다

그 마을에서는 오래 살라고
서로에게 물을 뿌리는 풍습이 있다던데

내가 살았던 고향에는 개들이 너무 많아요
지붕도 없이 다 어디로 숨었을까요

너무 익숙해서 소식도 없이 닫히는 문

그는 태어나기도 전에
서른 번도 더 물을 맞았다고 한다

무언가 온다는 슬픔이
이곳을 낯설게 만들고 있다

지구본에 스티커를 붙인다
그와 내가 가고 싶은 곳은 하나도 겹치지 않고
나는 태풍이 오기 전
그의 얼굴에 그늘을 만들어 준다

바깥에는 수거되지 않은 마음들이
인간보다 많다

불빛이 흔들리고
그의 눈동자가 지나치게 맑다

그것과는 무관하게
오고 있었다

라인 크로스*

구름이 너무 많다

날아오르던 공이
네트 밖으로 떨어지자

누군가 휘슬을 분다

해변에 있던 모든 사람들이
잠시 멈춰 선다

그를 스쳐 지나가고
흔들리지 않는 네트

경계 밖으로 밀려난 그가
피켓을 들고 서 있다

진심을 말하려면 기울어질 수밖에 없어요
그래서 쓰러진 그는

모래사장에 세워진 깃발처럼
온 힘을 다해 제자리를 지키려 한다

파도에 몸을 맡기는 사람들과 달리

물속에서는 중심을 잡기 어려워요
그래서 방향을 잃어버린 그는

떠오르는 볼에
시선을 멈추지 않는다

수면 위로 떨어지는 것들을
그는 기다리고

물이
들어온다

가만히 있으면 안 되는데
어디 가서 해야 하는지 누구도 알려 주지 않고

보이지 않는 모래주머니를
가득 단 것처럼
그가 두 손으로 얼굴을 감싼다

마지막까지 밀려오는 것을 기다리는 힘

지워진다고 생각하면 정말로
천천히 사라지는 것처럼

그를 보기 위해서는
가라앉는 것들을 이해해야 하는
풍경이 있었다

물속에 잠긴 그는
해가 질 때까지

수면을 치는 공을 바라보고 있었다

달리고 달려도 바뀌는 건 없고 여전히 날씨는 제멋대로입니다

운동장에서 달리기를 하다
집에 있는 브로콜리가 생각났습니다

지금 먹지 않으면
유통기한을 넘어 버리고 마는

브로콜리 속은 애벌레가 숨기 제격이라고
친구가 전해 주었는데

그런 걸 왜 전해 주나 싶지만 유용할 것 같습니다
언제나 모르는 것보다 아는 게 더 나으니까요

나는 투명인간이 되어도 도망갈 곳이 없어서 집에만 있
을 것 같아

혼잣말을 하고

그것 참 슬프다
다시 한 바퀴를 더 돕니다

돌면 돌수록
머릿속엔 썩은 브로콜리들이 자라납니다

나뭇잎이 바람에 흔들립니다

썩지 않고 지구에 남아 있는 것들이
넘쳐납니다

지킬 수 있는 게 무엇인지 점점 헷갈립니다
생각을 멈추고 싶어 달렸지만

빽빽하게 들어선 브로콜리의 꽃봉오리를 생각하다 그만
돌부리에 걸려 넘어져

무릎이 조금 까졌습니다

벌레들이 줄지어 지나갑니다
부스러기를 들고 집으로 사라집니다

저번 주에 들었던 멍이 서서히 빠져나갑니다
어떤 길이 보이는 건 아니었지만

운동장은 조용합니다
다 돌고 나니

나무들이 변해 있습니다 여전히

5부
진심으로
비춰 보면
진심으로
갈 수 있다
믿었다

수영모

수영모를 샀다 수영을 하기 위해서 새 수영모가 필요했
기 때문에 그러나 수영장에 가지 못해서 수영모는 서랍 안
에 오래 있었고 가끔 뒹굴었고 가끔 외로워서 물이 그리웠
을 것이다 서랍을 열자 물 자국이 가득했다 선글라스와 일
회용 필름카메라가 뒤섞여 가죽이 얼룩지기도 했다 모래와
조개껍데기 같은 건 보이지 않았지만 진심으로 비춰 보면
진심으로 갈 수 있다 믿었다 찾으려는 물건은 항상 손이
닿지 않는 곳에 있었고 나는 그럴 때마다 서랍을 다 꺼내
바닥에 늘어뜨려 놓았다 이것도 아니고 저것도 아니고 모
아 둔 수풀과 나뭇잎을 옆으로 치우면 어느새 눈앞에 바
다가 펼쳐졌다 끝에 수영모가 닿자 손이 쭈글쭈글해졌다

멜랑콜리 페이션시

김보경(문학평론가)

파열

정재율의 시는 전반적으로 단정하고 차분한 어조의 문장들로 이루어져 있다. 이러한 특징에 비추어 볼 때, 이 시집에서 발견되는 의외의 사실은 무언가가 깨지거나 터지거나 부서지는 위태로운 장면이 반복된다는 사실이다. 무심코 읽으면 단정한 외양에 가려져 잘 감지되지 않는 이 위태로움은 어쩌면 정재율의 시적 세계의 근원지를 가리키는 것일지 모른다는 생각이 든다. 어떤 사건이 발생했고, 이는 돌이킬 수 없는 상흔을 남긴다. 이 사건의 실상은 그 자체로 직접적으로 드러나진 않지만, 시집 곳곳에서 그 상흔은 여러 위태로운 이미지로 드러난다.

시집에 실린 첫 시 「물탱크」를 읽어 본다. 이 시는 잠결에 "사람 떨어지는 소리"를 듣고 나서 장례식장에서 사람들과 대화하고 술을 마시는 꿈을 꾸는 장면으로 시작된다. 죽음을 암시하는 시의 첫 문장에서부터 꿈속 장례식장에서 사람들이 손이 달아오를 지경으로 쿵쿵 소리를 내며 땅바닥을 치는 장면에 이르기까지 다소 섬찟한 장면이 이어진다. "다음 날 알고 보니 그 소리는 물탱크가 터지는 소리였다"는 구절에 이르면, 앞서 누군가가 떨어졌다거나 혹은 이로부터 암시되는 죽음이 그저 화자의 착각이겠거니 추정할 단서가 제공되지만, 곧 "그 안에 사람이 있는 줄 아무도 몰랐지만"이라는 문장이 이어지며 죽음의 암시가 착각이 아닐 것이라는 사실이 암시된다. 또한 꿈속에서 사람들이 땅바닥을 치며 내던 쿵쿵 소리 혹은 "사람 떨어지는 소리"가 물탱크 안의 사람이 물탱크를 두드리거나 물탱크가 터지는 소리일 수 있다는 점이 드러나며, 이 소리가 죽음을 목전에 둔 누군가의 다급한 생존 신호거나 적어도 죽음을 알리는 소리라 추측할 수 있다. 또한 이 시에서 꿈과 현실의 경계는 정확히 분간하기 어렵게 서술되어 있어 기이한 분위기를 더한다.

이 시에서 물탱크가 모종의 연유로 균열이 생겨 마침내 터지게 되는 장면에 주목해 보자. 이 시집에서 이러한 장면은 다양한 방식으로 변주되어 반복된다. 시 「최후의 빛」에는 시의 제사에 "최초의 빛을 떠올려 보"라는 "심령술사"의 말이 인용되어 있어서, 이 시에서 그려지는 상황은 화자가

최면 상태에 들어서서 보게 되는 환상 속 장면으로 읽힌다. 이 장면에서 마당에서 화분에 물을 주던 화자는 "물을 주는 것을 멈출 수가 없"게 되며 물이 넘쳐흐르고, 가구들이 부서지고 집이 무너지는 장면이 그려진다. 「선이 맞지 않는」에서는 "손에 든 컵"을 놓쳐 "와장창" 컵이 깨지는 장면이 그려지고, 이는 "쏟아지는 소나기"나 "주룩/ 흘러내리"는 물의 이미지와 병치된다. 이들 시에서 물은 무언가가 깨지거나 터지거나 부서지게 하는 불가항력적인 힘이 물질화된 이미지로 읽힌다. 이 반복되는 파열, 범람하는 물은 정재율 시의 시적 주체가 끊임없이 반복해 되돌아가게 만드는 어떤 사건의 징후다.

우리는 몇 가지 단서들을 통해 이 사건을 추정해 볼 수도 있을 것이다. 가령 시집 전반적으로 누군가의 죽음이라는 정황, 유년 시절과 집이라는 공간이 반복되어 그려진다는 점에서 이 사건을 상실과 관련된 유년기의 트라우마라고 재구해 볼 수도 있겠다. 시 「최후의 빛」에 나오는 "꿈에서라도 행복한 가정이고 싶었다"는 구절이나 「투명한 집」의 "그 아이의 사정은 모두가 알았다", "아이가 아픈 이유는/ 집에 큰 어른이 없기 때문"이라는 구절에서 암시되는바, 정재율의 시에서 '집'은 유년의 불행이나 소외, 아픔과 연관된 것으로 읽을 수도 있겠다. 그런데 한편으로 정재율의 시에서 그 사건이란 표면이 흔적으로만 암시되고 환상적인 이미지로 덧대져 있어서 그 실상을 구체적으로 추정하는 것은 불가능하며 또 한편으로 무용해 보이기도 한다. 무엇보다 정재율의 시는 특정한 사건을 재현하는 데 관심을 두기보다는 특정한 사건이 남긴 파문과 이 파문을 들여다보는 것에 관심을 두고 있는 듯하다. 그러니 시를 읽어 나가는 데 좀 더 중요한 것은 사건의 내막을 파악하려는 시도가 아니라 그 '이후'를 살피는 일일지 모른다.

> 얼음 속에는 단단한 벽이 있어
> 나는 그 너머로 집 한 채를 볼 수 있었다
>
> 집에 들어가고 싶다
> 자꾸 무너지는데도
> (……)
> 집이라는 건 다 부서지는데도
> 자꾸만 모으고 싶어진다
>
> ──「투명한 집」에서

> 부서진 이목구비를
> 조심히 쓸어 담았다
>
> 밖은 잘 있나
> 커튼을 걷어 보았다
>
> ──「선이 맞지 않는」에서

바다 한가운데에 떠다니는 마음을 생각하다가

　파도에 부서지는 부표들은 어쩌면 더 멀리 흩어지지 않으
려고 서로를 붙잡고 있는 것이 아닐까? 무언가를 보호하려고
태어난 것처럼 내게도 지켜야 할 것들이 있다 아직 태어나지
않은 내 아이를 그려 보다가 입에서 짠맛이 나는 것처럼
──「부표」에서

　위 대목에서 공통적으로 읽히는 것은 집이든, 이목구비
든, 마음이든, 부표든 무언가가 무너지거나 부서졌다는 사
태, 그리고 그 파편들을 모으거나 모으려는 장면이다. 「투명
한 집」에서 아이의 "주머니엔 사탕 봉지가 가득"하고, 아이
는 "나뭇잎을 주워/ 주머니 속에 구겨 넣"으며 무언가를 모
으는 행위를 하는 것 역시 사탕 봉지와 나뭇잎이 모두 으스
러지기 쉬운 재질을 공유하거나 그저 버려지는 것들이라는
점에서 부서진 것들을 모으는 행위와 연속된다. 이 시에서
무너지거나 부서지는 집에 "들어가고 싶다"거나 "자꾸만 모
으고 싶어"하는 마음은 그저 불행한 유년에서 벗어나고 싶
다는 마음으로 설명될 수 없는 집에 대한 복합적인 감정을
암시한다.

　부서진 파편들을 자꾸 모으는 이유는 무엇일까. 이러
한 행위에서는 나 혹은 세계의 일부가 파괴되고 부서지
는 와중에도 이 고통을 피하거나 외면하지 않으며 파편들

을 지켜 내고자 하는 의지가 읽힌다. 「투명한 집」의 구절을 참조해 말해 보면, 화자가 지켜 내고자 하는 이 무언가는 "영혼"이라 불러볼 수도 있을 것 같다("창문이 깨지는 순간은/ 거미가 줄을 치는 모습과 비슷하고/ 아이가 바깥으로 밀려난다// 영혼이/ 그곳에 있는데"). 이 구절에서 창문이 깨지는, 즉 집이 부서지는 순간은 아이에게 상흔을 남긴 사건을 암시하며, "아이가 바깥으로 밀려"난다는 것은 이로 인한 충격의 경험 혹은 시간의 경과를 은유하는 것으로 읽힌다. 어느 쪽이든 간에 화자는 이 집이 부서지기 전으로 돌아갈 수 없게 되었다. 그런데 이 기억이 화자의 현재에 계속 출몰하는 것은("귓속에서/ 깨지는 소리가 들린다"), 화자의 "영혼"이 그곳에 남아 그 사건을 반복해 겪게 만들기 때문이다. 시 「부표」를 연결해 읽어 본다면, 이 영혼은 자신이 "보호"하고 "지켜야 할 것"인 "아직 태어나지 않은 내 아이"(「부표」)이기도 하다.

그러므로 '집'을 떠나지 못하는 것은 집이란 떠날 수 있는 공간이 아니라, 차라리 자꾸만 되돌아가게 되는, "사랑하는 것"이 쌓이는 "무덤"이기 때문이다(「개기일식」). "자신이 사랑했던 사람을 기억하기 위해 물건을 태"우는 사람들과 달리 "영원히 타오르지 않"는 "집"을 만드는 화자의 태도(「축복받은 집 ─ 숲」)에서도 드러나듯, 화자는 '집'의 상실을 애도하는 의식을 치르는 사람들과 달리 영원히 타오르지 않는 '집'을 만들며 여기에 머문다.

죽음의 일상성

떠나보내기보다는 떠날 수 없음에 머무는 태도는 능동적인 선택이라기보다는 불가피한 것이다. 애도를 완수하는 것이 불가능한 이유는 누군가의 상실은 곧 나의 일부를 상실한 것과 같아서 내가 정확히 상실한 것이 무엇인지 모르는 상태에 놓이게 되기 때문이며, 그렇기에 특정한 누군가를 잃어버린 것이라고 인식될 수 없는 이 상실은 다른 어떤 대상으로도 대체되지 않기 때문이다. 프로이트가 우울(melancholy)이라는 증상으로 설명했던,* 상실에 대한 이러한 반응은 정재율의 시에서도 유사하게 나타나는 듯 보인다.

그런데 정재율 시의 화자가 상처를 반복하는 방식에는 독특한 면이 있다. 예컨대 어린 시절 "보이지 않는 곳에서 상처가 나면 덜 아프"기 때문에 "옷장 속으로 들어"가던 화자가 "한참 동안 나가질 못해서/ 나 자신이 죽은 사람이라고 생각"했던 대목이 제시되는 시 「축일」을 보자. 이러한 대목만 볼 때 옷장에 들어가는 행위는 자신이 입은 상처로 인해 나타나는 피학적인 행위로 보이기도 한다. 그런데 "친구들아 내가 만약 죽으면 너희에게 내 만화책을 몽땅 나눠 줄게 그러니 싸우지 마", "나는 보조개가 두 개라

* 지그문트 프로이트, 윤희기·박찬부 옮김, 「슬픔과 우울증」, 『정신분석학의 근본 개념』, 열린책들, 2020.

서/ 사랑을 두 배로 받은 아이인데"와 같은 구절에서 드러나는 의연하고 여유롭기까지 한 태도는 어떠한가. 또한 이 옷장은 죽는 법이 아니라 "숨 쉬는 법부터 다시 배"우는 공간이며, 화자는 이곳에서 "옷걸이 대신 빗장뼈를 가지고 놀았다"고 서술되는 대목은 주목을 요한다. 이러한 대목들은 옷장에 들어가는 행위가 "죽은 사람"이 되어 상처를 반복하는 일이지만, 역설적으로 이 반복을 통해 상처가 견뎌질 수 있음을 암시하는 듯하다.

이때 견뎌진다는 것은 상처를 망각함으로써 극복한다거나 혹은 그 상처에 무뎌진다는 의미와 다르다. "빨간색으로 이름을 적지 않아도/ 누군가 죽는다는 사실"(「미약한 세계」)을 깨닫게 되는 이 세계에서 성장이란 누군가를 떠나보내는 법을 배우는 일이 아니라 죽은 누군가와 함께 사는 법을 배우는 일이다. "할머니의 장례식장에서/ 죽은 할머니의 꿈"을 꾸며 화자는 묻는다. "그런데 할머니, 할머니는 이미 죽었는데 또 죽을 수 있나요?"(「여름 일기」) 정재율의 시는 죽은 자가 또 죽을 수 있음을, 그러니까 죽은 자들에 대한 애도가 완수되지 않는 한 이들은 여전히 죽지 않고 나의 일부로서 살아 있는 것이기에 아직 죽은 것이 아니라고 말한다. 죽은 자가 아직 죽지 않은 세계에서 "살아 있는 것과 죽어 있는 것을 잘 구분하지 못"하는 것은 그렇기에 이상한 일이 아니다.

　　그에게서 전화가 왔다

죽었는데 어떻게 전화를 하세요?

나는 묻고

같이 걷고 싶어서요

그가 말한다

(……)

들것에 실려 나가는 나무를 본 적이 있다

뿌리를 훤히 드러낸 채

—「현장 보존선」에서

모르는 사람으로부터

살아 있지? 라는 문자를 받았다

TV를 켜자

사람들이 들것에 실려 나가고 있었다

(……)

초인종이 울렸다

아파트 복도에서 길게 울음소리가 났다

전기포트에서 물이

조용하게 끓고 있었다

—「생활」에서

위 두 시는 모두 누군가에게 어떤 사고가 일어났음을 암시하고, 나무 혹은 사람이 "들것"에 실려 나가는 이미지가 반복된다. 그런데 이런 정황이나 이미지상의 유사성 외에 또 다른 공통적인 점은 누군가의 죽음이 예외적인 일이 아니라 일상의 한 부분으로 그려지고 있다는 사실이다. 「현장 보존선」에는 죽은 "그"로부터의 전화가 아무렇지 않게 걸려 오고, "같이 걷고 싶어서" 전화했다는 '그'와의 대화가 자연스럽게 이루어진다. 그리고 '그'와 같이 걷기 위해 떠난 길에서 화자는 "그와 닮은 사람들이 가득하다"는 것을 발견하며 죽은 "그"의 존재감을 느낀다. 「생활」에서도 마찬가지로 어떤 사고가 발생해 서로 안부를 묻는 상황에서, 이 사고 소식에 대한 화자의 반응은 담담할 뿐이며 이는 반찬을 꺼내거나 식사 준비를 하는 일상적인 장면과 나란히 병치된다. 이러한 서술은 죽음에 무심하거나 무감각한 태도가 아니라 오히려 죽음을 일상의 일부로 느끼는 화자의 태도를 보여 준다. 「현장 보존선」에서 화자가 거리에서 '그'의 존재를 느끼듯, 「생활」의 마지막 대목에서 울리는 "초인종" 소리는 "울음소리"와 함께 울리며 죽은 누군가의 방문을 암시한다. 이처럼 정재율의 시에서 죽은 자의 환청을 듣거나 환영을 보는 장면들은 예사롭다.

때로 죽은 자는 "나"로 등장하며, 죽은 '나'가 "흑백"이 되어 "색이 있는 널" 사랑하는 연기를 하는 상황이 그려지기도 한다(「프랑스 영화처럼」). 영화를 모티프로 한 또 다른

시 「영화와 해변」에서는 해변을 걷는 '그'와 '나'가 모두 "흑백"인 세계 안에 있는데, "다음 신에서 만나"자는 '그'의 말에 둘은 "푸른빛이 쏟아지는 곳으로" 달려가며 시가 마무리된다. "흑백"과 "색"의 대비는 죽음과 삶의 대비를 표시하지만, "흑백"에서 "푸른빛"으로 건너가는 일이 그저 하나의 신에서 "다음 신"으로 건너가는 것에 불과하듯, 죽음과 삶의 경계 역시 마찬가지라고 말하는 듯하다.

> 바닥을 생각할수록
> 사람 몸에는 뚫린 구멍이 많다는 생각이
> (……)
> 물속에서는 누가 누군지 구분이 되질 않고
> 잡으려고 하면 자꾸만 미끄러지는
>
> 살려 달라고 외쳤다
> 더 크게
> 크게
>
> ——「빛을 내는 독처럼」에서

「빛을 내는 독처럼」에서 화자는 해파리를 보다가 "사람의 몸에는 뚫린 구멍이 많다는 생각"을 하고, 이윽고 바닷속 해파리가 된 듯한 환상에 빠지게 된다. 앞서 언급했듯 정재율의 시에서 범람하는 물이 죽음과 관련된 사건을 상기시키듯, 이 시에도 물은 유사한 이미지로 제시되지만, 물속에서 서로 "누가 누군지 구분이 되질 않"는 공간이기도 하다는 점에 주의를 기울일 필요가 있다. 해파리의 투명한 몸이 누군가와 "나눠 갖는" 마음을 연상시킨다면, 사람의 구멍 뚫린 몸에는 물이 통과하여 "손발이 퉁퉁" 붓게 만들고 몸을 변형시키며 산 자와 죽은 자가 얽혀 구분되지 않게 만든다.

정재율의 시에서 이러한 구멍 뚫린 몸은 세계를 향해 열려 있으면서 다른 대상들을 통과시키고 연결하는 매개체로서 제시된다. 가령 시 「로즈메리」에는 콧속을 통과하는 "향"에 이끌려 입으로 로즈메리를 삼켜 "몸 안으로" 로즈메리가 들어오는 장면이 타이포그라피를 통해 시각적으로 형상화되고, 화자는 "손목을 찌르자/ 초록 물이 흘러"나오는 등 로즈메리와 일체가 된 모습으로 그려진다. 그리고 이 시에는 "아무도 없다고 생각한 욕실에서/ 우는 소리가 났다// 죽은 사람처럼/ 축축한"이라는 구절이 삽입되어 있어, 누군가의 죽음이 암시된다. 이 "축축한" 다음 이어지는 구절은 "커다란 화분을 본 것처럼"이라는 구절로서, '축축한'이 앞 행(죽은 사람)과 뒤 행(로즈메리가 담긴 화분)을 모두 수식하는 것으로 배치되어 있어 로즈메리와 죽은 사람이 동일시되고 있음이 드러난다. 따라서 로즈메리를 삼키는 행위는 이 "죽은 사람"과 자신을 동일시하는 심리적 기제를 보여 주는 것으로 읽힌다. 타자의 죽음을 겪고 스스로 타자가 되어 가는 것은 다름 아닌 이 구멍 뚫린 몸이다.

겪는 힘

그렇지만 정재율의 시에서 죽은 자와의 직접적인 대면은 이루어지지 않는다. 이는 무슨 의미일까. 그의 시에서 애도의 완수를 통해 상징화되지 않은 죽음은 환상의 형태로 삶에 출몰하고 환상과 현실의 경계는 거듭 흐려지지만, 삶과 죽음의 경계 자체가 무화하지는 않는다. 그렇기에 죽은 자가 '나'를 방문할 순 있고, 죽은 '나'가 산 자에게 말을 걸 수는 있지만, 그 반대 방향으로의 응답은 이루어지지 않는다. 여기에는 산 자들이 감당해야 하는 죽음에 대한 절대적인 수동성이 있다. 이 수동성은 "잡으려고 하면 자꾸만 미끄러지는" "살려 달라고 외"(「빛을 내는 독처럼」)치는 어떤 음성에 대한 붙들림과 연관되어 있다.

수면 위로 떨어지는 것들을
그는 기다리고

물이
들어온다
(……)

마지막까지 밀려오는 것을 기다리는 힘

지워진다고 생각하면 정말로
천천히 사라지는 것처럼

그를 보기 위해서는
가라앉는 것들을 이해해야 하는
풍경이 있었다

물속에 잠긴 그는
해가 질 때까지

수면을 치는 공을 바라보고 있었다
　　　　　　　　　　　—「라인 크로스」에서

　　위 시는 해변에서 비치발리볼을 하는 장면으로 시작해
경기 도중 "온 힘을 다해 제자리를 지키려"하던 '그'가 점점
밀려오는 물속에서 방향을 잃는 장면으로 이어진다. 이 시
에서 시선을 끄는 것은 "밀려오는 것을 기다리는 힘"이라
표현된 '그'의 태도다. 정재율의 시에서 물의 이미지가 죽음
과 관련된다는 것은 앞서 확인한 바였다. 이 시에서 반복되
는 '기다린다'는 동사는 자신을 덮쳐 오는 죽음에 대한 수
동성의 태도를 가리킨다. 그런데 이 시에서의 수동성은 그

저 아무것도 하지 않는 무력함이 아니라 무언가를 끈질기게 기다리고 응시하는 "힘"이라는 사실은 중요하다.* "물은 어느새 내 목까지 차오르고 있"는데 "나는 모든 장면을 바라만 보고 있었다"(「최후의 빛」)는 서술에서처럼 이 응시는 무언가 파열되고 파괴되는 순간에서 벗어나기를 거부하며 자신을 잠식해오는 고통마저 반복해 겪는 힘이다.

이 겪는 힘을 염두에 두면, "호수에 빠진 사람들은/ 자신이 처음 본 동물로 수호신이 된다고 하던데/ 떠난 사람을 너무 좋아해 물가를 평생 맴돈/ 사슴의 이야기를 나는 좋아하고"라는 「사슴의 이야기를 나는 좋아한다」의 제사에서 나타난 상실에 대한 고착이 지니는 함의를 짐작해 볼 수 있다. "매일 살고 싶은 마음으로/ 물속에 얼굴을 묻으면// 사랑하는 사람의 냄새가 났다"는 시의 구절에서 죽음에 대한 매혹으로 보이는 "물속에 얼굴을 묻"는 행위는 기

---

* 김홍중은 수동성의 힘을 다음과 같이 설명한다. "'페이션시patiency'는 도덕철학이나 윤리학에서 사용되는 개념이다. 페이션시와 가장 가까운 용어는 우리가 흔히 '환자'로 번역하여 사용하는 '페이션트patient'다. 환자는 아프거나, 치료를 받거나, 병든 사람이다. 환자의 본질은 수동성 passivity이다. 환자는 무언가를 하는 존재가 아니라, 자신에게 가해지는 작용(치료, 돌봄, 질병)을 수용하는 자, 즉, 감수하는 자다. 감수, 수난, 열정이라는 의미를 지닌 'passion'이 바로 환자의 상태를 가리키는 말이다. 'passion'은 함doing이 아닌 겪음suffering이다. (……) 페이션시는 따라서 겪는 상태, 지위, 조건, 그리고 겪음의 능력(감수능력)을 포괄적으로 지칭하는 용어라 할 수 있다." (김홍중, 『은둔기계』, 문학동네, 2020, 270쪽.)

실 사랑하는 사람의 냄새에 속절없이 이끌리는 마음와 "살고 싶은 마음"에서 비롯한다는 것 말이다. 정재율 시의 화자는 자기 파괴의 욕망에 붙들린 나르시시스트가 아니라 사랑하는 사람(의 냄새나 소리)에 어쩔 줄 모르고 이끌리는 사람이자 그를 상실했다는 고통을 반복해 겪는 감수자다. 정재율의 시에서는 냄새에 강하게 이끌리거나 무언가를 먹는 장면이 반복되기도 하는데(「레몬과 회개」, 「감자보다 고구마를 좋아해」, 「어떤 향은 너무 강렬해서 오래 기억에 남게 되는데」 등), 이때 향과 맛은 몸이 특히 누군가와 함께하는 기억을 환기하고 있으며 이러한 장면에서도 수동적인 이끌림의 태도를 확인할 수 있다.

이처럼 정재율의 시에서 무언가를 기다리거나 감내하는 힘은 환상의 형태로 밀려오는 죽음이 자리할 공간을 만들어 낸다. 그리고 "다음 풍경을 기다리고 또 기다렸다// 깊은 곳에서/ 숨을 오래도록 참았다// 무엇이 진짜일까 생각하면서"(「빛을 내는 독처럼」), "무엇이 진짜고/ 가짜인지는/ 욕조에 앉아 오래 생각하면 된다"(「몸과 마음을 산뜻하게」)는 구절에서처럼 화자는 죽음과 삶, 환상과 현실, 가짜와 진짜 사이의 구분을 유예하고 그 혼동에 머무르고자 한다. 삶은 삶에서 상실과 상처와 죽음을 깨끗이 도려낼 때 더욱 삶다워지는 것이 아니라 그 상실과 상처와 죽음을 겪어 내고 반복하는 과정이 곧 삶이다. 이런 이유에서 "매일 살고 싶은 마음으로/ 물속에 얼굴을 묻"는다는 일견 역설적으로 보이는 문장은 정재율 시에서 일관되는 하나의 태도를 요약한다.

나아가 이 모순은 '없음'을 '있음'으로 만드는 역설적인 희망에 대한 신뢰로 나아가도록 이끈다. 위에서 확인한바 (죽음과 삶, 환상과 현실, 가짜와 진짜의 계열에 놓인) '없음'과 '있음'이 반대말이 아니라면, '없음'이 '있음'이 되는 일은 불가능하지 않다. "대지가 꿈틀댄다. 우리는 이제 대지의 일부가 되었다"는 말이 "대지 사이로 새싹들이 돋아나"게 하는 것이 가능해지는 세계(「끝과 시작」), "진심으로 비춰 보면 진심으로 갈 수 있다"는 믿음이 "어느새 눈앞에 바다가 펼쳐"지게 하고 바닷물에 의해 "손이 쭈글쭈글해"지게 만드는 일이 가능해지는 세계(「수영모」). 이 마법 같은 일이 일어나는 세계에서 우리가 함께 슬픔을 겪을 수 있다면, 이 슬픔은 더 이상 슬픔만은 아닐 것이다("모두가 한꺼번에 슬픔을 나누면/ 그건 그거대로 슬프지 않았다"(「축복받은 집 — 레밍」)).

슬픔의 정원사

문보영(시인)

정재율의 시를 읽으면 한 손에 물뿌리개를 들고 슬픔 앞에 서 있는 한 사람이 떠오른다. 슬픔아, 물을 줄게. 잘 자라길 바라. 시인은 물을 주며 잘 보살펴야 하는 슬픔이 있다는 걸 안다. 그는 식물 같은 슬픔에게 햇빛을 주고 어둠도 준다. 흙이 마를 때까지 기다리고 화분 받침에 고인 물은 받아서 버린다. 그리고 슬픔이 말라 바스러지기 전에 잊지 않고 물뿌리개를 들고 다가간다. 슬픔은 충분히 지라나무가 되고 숲이 되어 서늘한 그늘을 제공한다. "물을 주는 것을 멈출 수가 없었다"(「최후의 빛」)는 그의 고백은 진심일 것이다. 시집 『몸과 마음을 산뜻하게』는 '슬픔에게 물주기'의 다른 말이 아닐까.

그런데 시인이 주는 물은 그의 눈물이기도 하다. "잘 우는 사람이 되고 싶"(「너무 열심히 달려서」)다는 시인의 고백을 읽으면 어쩐지 그는 어렸을 적 장래희망을 적어 내는 종이에 '잘 우는 사람'이라고 적었을 것만 같다. 그는 왜 잘 울고 싶은가. 아마도 사랑 때문일 것이다. 무엇에 대한 사랑인가. 그건 아마도 "떠난 사람을 너무 좋아"(「사슴의 이야기를 나는 좋아한다」)하는 사랑. 그의 사랑은 이미 떠난 사람, 창밖에 서 있는 사람, 언제 가야 할지 모르는 사람, 죽고도 자신이 죽었는지 모르는 존재를 향한다. 시인은 그들을 위해 운다.

그것이 가능한 이유는 정재율 시인이 지닌 희귀한 능력 때문이다. 바로 "살아 있는 것과 죽어 있는 것을 잘 구분하지 못"(「여름 일기」)하는 능력이다. 시인에게 산 것과 죽은 것은 경계가 없고, 죽은 존재들은 자꾸만 시인에게 말을 건다. 정재율은 그들의 말을 가만히 듣는다. 가만히 귀 기울이는 시인의 시로 인해, '떠남'과 '죽음'은 사랑의 포기로 맺어지는 대신 작은 희망으로 나아간다. 그건 쉬운 희망이 아닐 것이다. "사랑이 어렵다고 생각하는 사람과/ 사랑을 하고 싶"(「사랑만 남은 사랑 시」)다는 시인의 말처럼.

이제, 고요한 슬픔의 정원사가 우리에게 묻는다. "사랑하는 것들이 아직 남아 있는지"(「개기일식」). 그리고 그는 오늘도 물을 따러 간다

지은이   정재율

1994년 광주에서 태어났다.

2019년《현대문학》신인 추천을 통해 작품 활동을 시작했다.

몸과 마음을 산뜻하게

1판 1쇄 펴냄 2022년 6월 7일

1판 3쇄 펴냄 2022년 11월 24일

지은이 정재율

발행인 박근섭, 박상준

펴낸곳 (주)민음사

출판등록 1966. 5.19. (제16-490호)

서울특별시 강남구 도산대로1길 62(신사동)

강남출판문화센터 5층 (06027)

대표전화 02-515-2000 / 팩시밀리 02-515-2007

www.minumsa.com

ISBN 978-89-374-0918-9

   978-89-374-0802-1 (세트)

• 이 책은 서울문화재단 '2020 첫 책 발간 지원사업'의 지원을 받아 발간되었습니다.

• 잘못 만들어진 책은 구입처에서 교환해 드립니다.

민음의 시

민음의 시
목록